눈송이의   아름다움

눈 내리는 풍경, 적요를 마주할 네 편의 겨울 소설,
눈송이의 아름다움

시절

목차

송재은
소　설 | 검은 개와 튤립 008
에세이 | 어찌할 수 없는 것 032

이종산
소　설 | 겨울 난로 040
에세이 | 샌드위치를 사러 가는 모험 060

김현
소　설 | 추희와 율미 070
에세이 | 눈이 오면 096

김종완
소　설 | 쪽잠 102
에세이 | 겨울, 잠, 한숨 124

나가며 | 사계절이 와 그리고 또 떠나 138

송재은

검은 개와 튤립

essay
어찌할 수 없는 것

검은 개와 튤립

그땐 진호가 정말 미친 거라고 생각했다.

"누나, 나 보호소에서 강아지 입양했는데 돈이 좀 필요해."

얘는 왜 이렇게 이기적일까. 어떻게 이만큼 뻔뻔할 수 있을까. 부모님의 실낱같은 희망이 끊긴 거라고도 생각했다. 세상 저런 천치가 없다면서도 누구 집 여식이든 데려간다고만 하면 좋겠다거나, 나중에 집 팔아서 나오는 돈은 다 진희 너를 줄 테니 동생 좀 잘 돌보라는 그런 말들에 마침표를 찍은 거라고.

엄마 아빠 키우기 힘든 자식 누구라고 좋겠냐며, 남의 집 귀한 자식은 무슨 죄냐고 비꼬고 싶기도 했다. 서른이 되기 전까지만 해도 나를 엄마 아빠의 동업자로 여기는 말에 두드러기가 날듯이 반응했지만, 이제는 어느 정도 참아낼 수 있었다. 그렇게 결혼시키고 나면 엄마 아빠가 꿈꾸던 노후를 담보 삼아 결혼하는 거 아닌가? 둘이 같이 살 집도 구해줘야 돼, 자식이라도 낳으면 환갑에 육아도 해야 돼, 하지만 말이 씨가 될까 속으로 떠오르던 생각도 삼켜버렸다.

부모님은 딸 하나 아들 하나를 내심 바랐다고 했다. 나를 낳고 연년생 둘째를 가졌지만, 계류유산 뒤 진호를 가지게 되어 소중하게 찾아온 생명에 무척 조심하며 출산을 준비했다. 진호가 태어나고도 한동안 아이가 바람 불면 날아갈까, 땅으로 꺼질까 금이야 옥이야 길렀다는 어린 엄마는 어린 나에게 변명하듯 말했다. 네가 이해하라고. 그때는 나도 귀하게 태어난 금 같은 동생 진호를 진심으로 아꼈기 때문에 부모의 사랑을 양보하고 내 사랑까지 보태는 것조차 즐거웠다. 유치원 미술 시간에 무언가를 만들면 진호 보여줄 생각에 신이 났다. 그게 무엇이었는지 기억은 안 나도, 동생이 보고 싶어 현관에서 신발을 엉망으로 벗고 집에 뛰어들어가던 순간이 또렷하다. 하지만 나이가 들어가며 진호와는 멀어졌다. 나는 진호를 이해할 수 없었다.

진호는 남들 하는 것보다 모든 게 느렸다. 갓난아기 때는 또래보다 성장이 빨랐던 것 같은데, 다 자라고 나니까 막상 어디 모자란 데도 없는데 모질이처럼 굴었다. 학교를 하도 안 가서 유급을 당했는데, 미치고 팔짝 뛰도록 답답했던 이유는 애가 비행을 하는 것도 아니고, 그냥 가기 싫어서, 학교 가다 말고 가보고 싶은 데가 있어서 훌쩍 옆길로 새버린다거나 하는 거였다. 어딜 못 가게 하려고 용돈도 끊어버렸지만, 진호는 신경을 안 썼다. 그래, 돈에도 전혀 신경을 안 썼다. 엄마의 눈물이나 아빠의 한숨, 나의 분노도 마찬가지였다. 신경은, 신경을 쓰는 사람의 문제다.

걔는 결국 재수해서 대학도 일 년 늦게 들어갔는데, 겨우 3점을 넘을까 말까 하는 학점으로 2년이나 잘 다니는 것 같다가 대학을 다시 가겠다고 해서 아빠 속을 뒤집어놓더니("취업은 언제 하려고 그러냐!"), 휴학만 하고 캐나다로 워킹홀리데이를 갔다. 웃긴 건 해외로 나간다니 그때는 엄마 속이 뒤집어졌다. ("너 혼자 타지에서 위험해서 어떻게 사니!") 아빠는 그건 또 좋은 경험이라며 아무렇지 않아 보였다. 입시 때는 그놈의 영문학과 들어가서 뭐 먹고 살 거냐 더니 이렇게 도움이 된다며 흐뭇해하기도 했다. 하지만 진호는 캐나다에서 스키를 타다가 십자인대 파열로 돌아와 내 속을 뒤집어놓고("이 새끼 또 사고 쳤어!"), 군 면제를 받았다. 면제를 받았으니 너는 사고를 치고도 인생이 편해지는구나, 나는 그렇게도 생각했는데 엄마 아빠에게는 물론 아니었고 부모는 아들에게 더욱 너그러워졌다. ("건강만 해라.")

*

　백만 원을 빌려달라는 말과 함께 진호는 사진 한 장을 보냈다. 기다란 영수증을 찍은 것이었는데, 온통 흔들려 있어서 내용은 읽기 어려웠다. 나는 사진을 확대해 맨 아래 적힌 금액을 보고, 맨 위에 적힌 발행처를 봤다. 영수증 맨 위에는 '행복동물병원 24시'라고 적혀있었지만 행복한 느낌이라곤 전혀 없는 금액만 보였다. 나는 당장 진호의 프로필 사진을 눌러 전화를 걸었다.

"너 이게 뭐야."
"개를 한 마리 구조했어."
"니가 왜? 니가 돈이 어딨어서. 책임질 수 있어? 어쩌려고 그래?"
"하나씩 물어봐. 내가 보는 유기견 보호소 인스타그램 계정이 있는데, 거기서 보고 구하고 싶었어. 고민 많이 하고 신중하게 결정한 거야."

그놈의 인스타그램이 문제였다. 자신의 삶이 아닌 걸, 자신의 분수에 안 맞는 걸, 자신의 것일 수도 있다고 생각하게 하는 그 가짜 세상이. 할 수 없는 걸 할 수 있다고 믿게 하는 거짓된 이미지들이. 너무 많은 슬픔을 안겨준다. 왜 구조했는지, 얼굴도 모르는 그 개한테 왜 몇백만 원을 썼는지는 궁금하지도 않았다. 어쩌려고 그래. 어쩌려고 그러는 건지 소리를 지르고 싶었다. 근데 소리만 지르고 싶고, 어쩌려고 그러는 건지는 궁금하지 않았다. 당연히 아무 생각이 없었겠지? 대체 왜 우리 가족한테 이러는 건지, 엄마 아빠가 불쌍하지도 않나? 나한테도 미안하지도 않은 건가? 하늘은 왜 이렇게 무심한지 알 수가 없었다. 우리는 왜 책임질 수 없는 걸 책임져야 하는지, 책임지면서 살려고 하는지, 어떻게 아직도 진호가 달라질 수 있다고 믿고 있는지.

"나 그런 계정을 수십 개를 봐도, 한 번도 내가 구해야겠다거나 키우겠다고 생각한 적이 없는데, 사진에서 애 눈을 보는데, 내가 오랫동안 애를 기다려왔던 거 같은 거야."

"니 말대로 수십 개 계정에 수백 마리, 아니 수천 마리가 그렇게 살아. 뭐 한다고 니가 왜 나서."

"겨울이잖아. 누나, 겨울인데 밖에서 눈을 다 맞으면서 살아 애들이. 실내에 있어도 추운데."

"그게 걔들 삶이잖아. 다 구조할 거야?"

"모든 삶을 구할 수 있어야만 자격이 주어지는

건 아니잖아."

*

진호는 군 면제를 받고는 복학하지도 않고 맨날 어딜 그렇게 가는지 일찍 나갔다가 저녁때가 다 되어서 들어오거나 방 안에 처박혀서 컴퓨터로 뭔가를 했다. 뭐 하고 다니냐고 물어도 "그냥…." 하며 얼버무렸다. 나는 그런 진호가 싫었다. 가족 구성원으로 제 역할을 하지도 않고 부모님 재산만 축내고, 고마움도 모르고 엄마 밥을 얻어먹는 모습을 보는 게 답답했다.

출퇴근을 위해 자취를 할까 고민하던 차였다. 회사에서도 치이고, 부모님과는 결혼 문제로 자주 신경전이 벌어졌다. 결혼하겠다고 한 것도 아닌데, 엄마는 니 애인이 마음에 안 든다며 트집을 잡았다. 그럴 때마다 진호를 보면 짜증이 치밀었다. 진호가 애인이 있었어도 엄마한테 이런 말을 들었을까? 왜 나는 이런 것 하나하나 부모님과 부딪히고 쟤한테는 쉽게 뭐라고 못하는지. 집에 있으면 머릿속이 복잡해졌고 마음이 놓여야 하는 집이 편하지 않았다.

독립의 핑계 중 하나로 진호 이야기를 꺼낼 때면 엄마는 그냥 신경 안 쓰면 되지 왜 집까지 나가 돈 낭비를 하냐며 나를 달랬다. 진호뿐만 아니라 엄마로부터 멀어지고 싶기도 했다. 케케묵은 오랜 감정이 신경을 긁는 걸 어찌할 방법은 없었다. 진호가 바뀌었으면 좋겠다고 생각했고, 진호를 보고 있으면 괜히 손해 보는 느낌이 들었다. 가끔은 그게 답답함이 아니라 질투 같기도 했다. 그 불편은 가끔 나로부터 비롯한 것 같았고, 진호에게 없는 듯한 간절함이, 유독 진호에게 쩔쩔매는 부모가, 나는 답인 줄 알고 따랐던 길을 쫓지 않아도 살아지는 진호를 보는 게 힘들었다.

그러니까 진호가 문제가 아니라, 진호를 보기 싫은 내가 문제였다.

*

"아무튼 나는 돈 못 보내줘. 너도 돈 벌잖아, 할부를 하든가. 부모님한테 손 벌리고 집 나갔으면 이 돈까지 달라고 할 생각은 하지도 말고."

"갚을게. 그냥 당장 현금이 좀 부족해서 그래. 선생님이 많이 도와주셨는데 워낙 돈이 많이 들어서, 얼마 정도를 현금으로 하면 좀 저렴하게 해주신대."

"그런 게 어딨니 병원에. 신고해야 되는 거 아냐?"

수화기 너머 진호의 한숨 소리가 들렸다.

"그렇게까지 생각하지 말고, 누나. 내가 다른 부탁한 적 없잖아."

"직접 부탁을 안 하면 부탁을 안 한 게 돼? 여태 네 마음대로 사는 동안 너 대신 내가 한 것들이 한두 갠 줄 알아?"

"알았어, 미안해. 끊을게 쉬어."

진호가 통화를 끊은 뒤에도 분이 가시질 않는 기분이었다.

나는 대체 진호에게 무엇을 바라는 걸까. 왜 진호를 참을 수 없는지, 너그러울 수 없는지 가끔은 그 이유를 몰라 답답할 때도 있었다. 그러다가 혈연이니까, 서로 도움을 주고받는 형제들이 부러우니까, 부모에 대한 부담을 나눠 지면 좋겠으니까, 하고 생각하면 다시 화가 났다. 동물 병원비를 달라는데, 너는 나를 신경이나 쓰니? 나는 여태 진호 대신 내가 했어야 하는 일들에 보상을 바라는 건지도 몰랐다. 부모님 대신 인터넷으로 뭔가를 주문해 주는 것도 늘 나의 일이었다. 진호한테 해달라고 하라고 말해도 엄마 아빠는 늘 나를 찾았다.

어린 시절 부모 말을 안 듣고 자기 하고 싶은 대로 산 대가가 이렇게 후하다면, 나는 왜 안 그랬나 후회가 됐다. 부모님에게 인정받고 싶고, 동생 때문에 스트레스받는 부모님을 위로하고 싶어 모범생으로 지냈던 날들이 빛바랜 기분이었다. 역시 딸이 최고야 라는 말로 나는 나를 위로할 수 있나.

　엄마는 주말이면 종종 전화해 아빠나 친구들에 관해 시시콜콜한 이야기를 하거나 내가 어떻게 지내는지 꼬치꼬치 캐물었다. 그렇게 간을 보다가 내 기분이 괜찮은 것 같으면 마지막으로는 진호 얘기를 꺼냈다.

　"진호가 무슨 일을 한대."
　"걔가 무슨 일?"
　"뭐, 무슨 자격증을 몇 개 따서 포르폴리스? 만들어서 사이트에 올리면 일이 들어온대."
　"포트폴리오 말하는 거야?"
　"응 그건가? 엄마는 잘 몰라. 그래서 오늘 입금받았대. 저녁에 그 돈으로 고기 먹으러 나가."

　단어가 몇 개 틀린 엄마 말을 요약하면 캐나다에서 몇 개월 지내는 동안 진호는 그곳에서 일하는 디지털 노마드들을 만났고 감명을 받아 자신의 삶도 그렇게 바꾸려고 한 것이다. 국비 지원을 받아

학원을 다니고 집에서 숙제하고 포트폴리오를 만들어 취업 대신 프리랜서가 되려고 했단다. 나중에 왜 말을 안 했느냐고 캐물으니 정말 돈을 벌 수 있을지 본인도 자신이 없었고, 하지 말라고 할까 봐 말을 안 했다고 답했다. 진호는 돈을 벌기 시작하면서 대학 복학과 프리랜서 생활을 병행했다.

"그래서 무슨 일하는 건데?"
"무슨 인터넷에 올라오는 영상을 편집해 준대. 그게 알바보다 훨씬 낫대."
"그걸로 취업도 할 수 있는 거래?"
"몰라, 안 물어봤어."
"그래 지가 알아서 하겠지."

그래 그리고 나도 진호의 삶에 더 이상 관여하지 않기를 스스로 바랐다.

*

아주 까만 강아지였다. 가슴팍에도 발끝에도

흰 털이라곤 없는. 강아지라고 불러도 괜찮을지 모르겠을 정도로 큰 개는 꼬리를 내려 다리 사이로 말고는 사람들 눈치를 봤다. 보호소에 가장 오래 있었고, 사람을 무서워한다고 했다. 호기심이 두려움보다 강한지 냄새를 맡으며 다가오면서도 반대로 사람이 다가가거나 만지려고 하면 몸을 뒤로 빼거나 돌려 멀찍이 가 앉아서는 힐끔힐끔 쳐다봤다.

아빠는 몇 번쯤 검은 개의 주의를 끌어보려 했지만 원했던 반응을 이끌어내진 못했다. 엄마는 개가 너무 커서 힘들지 않은지 진호에게 묻고, 아빠에게는 너무 정 주지 말라고 핀잔을 주면서도, 괜히 사람 아기 대하듯 개를 부르는 간지러운 목소리를 내곤 진호에게 얘는 뭘 좀 챙겨주면 좋겠냐고 물었다. 정을 안 주려면 궁금해하지 말던가. 나는 진호와 살기 전의 검은 개를 생각했다. 따뜻한 손길을 내미는 사람들을 얼마간 믿게 되고, 그렇게 긴 시간을 줄 듯 말 듯한 사랑에 목이 탔을 것이다. 마음을 열려고 하면 이내 떠나는 사람들의 뒷모습을 보며 맥없이 주저앉았겠지. 저도 모르게 흔들던 꼬리가 몇 번이고 다시 축 처졌을 모습을 상상했다. 그리고 그 마음이 꼭 내 것 같았다.

그렇게 사랑받고 싶어 전전긍긍하다 보면 눈치가 는다. 너무 눈치 빠른 아이는 어디에서도 환영받지 못하지만, 그걸 멈출 수도 없다. 그런 마음을 아니까, 첫눈에 검은 개가 꼭 나 같았다. 버리는 쪽도 버림을 당하는 쪽도 싫었다. 상처가 있고, 꼬리를 말고 들어오는 존재가. 그러게 왜 넌 사랑을 해서, 마음을 줘서, 그렇게 상처를 입니. 책임지지도 못할 거면서 손을 잡고 사랑을 주고 떠나가는 사람들, 그리고 남겨진 자리에 잊히는 사람들 모두 진절머리 났다.

저녁을 먹고 산책을 나간 검은 개와 진호가 돌아왔는지 거실이 소란스러웠다. 방문을 열고 나가니 산책하느라 볼이 빨갛게 달아오른 진호의 얼굴과 아직 흥분이 가시지 않았는지 현관에서 꼬리를 휘적거리며 제자리걸음을 몇 번씩 하는 검은 개가 보였다. 조금은 신이 나 보였다. 그랬는데.

"콩아!"

순식간에 벌어진 일이었다. 아빠는 엉덩방아를 찧고 뒤로 넘어져 있었고, 진호는 현관문 밖으로 사라진 검은 개를 쫓아 나갔다. 아빠는 산책을 하고 흥분 상태였던 검은 개를 보곤 경계가 풀렸다고 생각한 것 같았다. 가까이 다가가 등을 쓰다듬으려는 순간 검은 개는 아빠 손을 피해 몸을 틀었고, 집에 들어와 헐겁게 쥐어져 있던 줄은 진호의 손에서 미끄러지듯 빠져나갔다.

"그러게 애를 왜 만지려고 해. 우리도 같이 나가봐야 하는 거 아니니?"

"신나 보이니까 경계가 좀 풀린 줄 알았지."

엄마는 아빠를 질책하며 진호에게 전화해 보라고 재촉했다. 진호는 전화를 받지 않았고, 몇 시간 동안 집에 돌아오지 않았다. 우리는 그저 소식을 기다릴 뿐이었다.

"엄마는 개 괜찮아?"

"괜찮기는. 저래가지고 연애는 할까 싶네. 어쩌겠어 너도 그 남자애랑 결혼하겠다고 엄마 말 안 듣고, 쟤도 말 안 듣고 다 똑같지."

"나 결혼해?"

"하고 싶음 해야지, 뭐 어떡해. 내가 너 데리고 살 것도 아니고."

"진호는 개손주 데려왔으니 너도 남자친구 데려오면 되겠다."

아빠가 엄마 뒤에서 몰래 손가락을 붙여 동그라미 신호를 보내며 말했다. 진호와 개. 나와 애인. 개는 실종 중인데, 동그라미가 될 수 있는 건가.

지친 표정의 진호가 지친 개를 데리고 들어왔을 땐 새벽 한 시였다. 엄마는 더 못 기다리겠다며 자정쯤 잠에 들었다. 아빠는 미안해서였을지, 무안해서였을지 진호가 검은 개와 돌아오자 수고했다는 말과 함께 헛기침을 하고는 방으로 들어갔다.

"어떻게 된 거야?"

"바로 따라 나갔는데 애가 안 보여서 동네를 한참 돌았어. 경찰서에 가야 하나 고민하다가 일단 집으로 오니까 경비 아저씨가 아파트 화단 아래 숨어있다고 하시더라. 방금 찾아서 달래 가지고 온 거야."

진호는 현관문을 의식적으로 세게 꽉 닫으며 답했다. 검은 개도 다시 나갈 생각은 없어 보였다.

"다행이네."

"누나."

진호는 나를 부르곤 잠시 뜸을 들였다. 나는 진호가 나를 부를 일이 별로 없어서, 진호가 다시 입을 열 때까지 기다렸다. 막상 나를 부른 이유를 말하기가 곤란해진 걸까. 검은 개도 기다리다 주저앉았다. 진호도 검은 개를 따라 소파에 앉으며 물었다.

"누나는, 무서운 거 없어?"

내가 답이 없자 진호는 긴장됐는지 말끝에 다시 말을 덧붙였다.

"구할 게 많으면 무서운 게 많아지는 것 같아. 누나는 나를 구하려고 하잖아. 엄마랑 아빠도 구하려고 하고."

나는 진호가 무서운 게 없냐고 물어볼 때에 잠시 벌어졌던 말의 간격에 진호가 진짜 하고 싶었던 말이 있었을 거라고 생각했다. 무슨 말을 하려는 건지 알 것도 같았다. '내가 구해달라고 하지는 않았잖아'라고. '그런데 말이야,'

"콩이를 찾으러 다니는 동안 그게 고맙다는 생각이 들었어. 그래서 슬프더라. 누나는 내가 이렇게 사는 거 못 두고 보잖아. 나한테도 그런 게 생겼어. 나는 말을 못 하는 동물들을 보면 슬퍼, 그리고 무서워. 그들의 삶을 해결하지 못할 거라는 게."

나는 진호에게 수없이 잔소리를 했지만, 진호가 나에게 누나는 왜 그러냐느니, 왜 그런 선택을 했냐느니, 다른 방식으로 뭔가를 해보면 어떠냐느니 하는 말을 한 적은 없다. 그래서 좋았나? 잘 모르겠다. 내가 진호의 삶으로부터 분리되지 못하는 걸 슬프다는 말로 설명할 수 있을까. 그보다는 진호가 그 사랑을 돌려주지 않아서, 엄마 아빠에게 인정받지 못한 게 슬프고 무서웠던 것 같은데.

"한 번은 누가 그러는 거야. 내가 말을 너무 빨리한다고. 본인이 하려는 말을 내가 이미 다 아는 것처럼 다음 말을 준비하고 있어서, 내 속도를 못 따라가겠다고 말이야."

"누나를 되게 잘 파악했네."

슬프다던 진호가 웃었다. 진호는 나를 오해하고 있는 게 아닐까. 웃긴 얘기 아닌데. 역시 얘랑 나는 진짜 안 맞는 것 같다고 생각했다.

"아니, 나는 두려워서 그랬던 거야. 말을 많이 한 날이면 돌아가는 길에 오늘 무슨 이야기를 했는지, 어떤 하루를 보냈는지 기억이 잘 안 날 때가 있어. 사람들한테 잘 보이려고 노력하느라, 나 같지 않은 말만 잔뜩 해서 그런가. 나라는 사람을 각인시키고 싶어서 나를 다 꺼내서 보여주려고 전전긍긍했어. 나를 안 알아봐 줄까 봐. 사람들이 나를 잘 몰라서 좋아하지 못할까 봐."

진호는 무슨 말을 해야 할지 몰라 잠시 생각에 빠진 것 같았다. 내가 왜 갑자기 이런 말을 하는지, 이게 무슨 말인지 이해하지 못한 것 같기도 했다. 한번 시작한 고백은 덩달아 흐르는 눈물처럼 멈춰지질 않았다. 나는 이 이야길, 누군가에게, 사실은 진호에게 하고 싶었던 것 같다. 내가 가진 연약한 살을 보여주고, 미운 네가 나를 조금 더 이해하길, 생각해 주길 바란 게 아닐까. 그런 핑계로 너를 덜 미워하고 싶기도 하고.

"진호야 나는 네가 싫었어. 너무 좋아했는데 싫어졌어. 내가 바라는 부모의 관심과 너그러움이 다 너한테 향한 것 같아서. 그런데 나는 네가 그냥 싫어지지는 않는 거야, 그렇게 그냥 싫어져서 너를 안 보고 싶어지는 게 아니라, 오히려 눈에 밟혀서 네가 달라지면 괜찮아지지 않을까, 내 질투인지 억울함인지도 끝나지 않을까 그런 마음이었어."

그날 내 말이 진호에게 어떻게 들렸을지 종종 생각했다. 그 뒤로 가끔은 죄책감을 느꼈고, 그러다가 그래도 잘 한 거라고 스스로 위안하기도 했다. 응어리진 마음을 털어놓는다고 해서 그 마음은 도려내지지 않았고, 진호와 나의 관계도 달라지지 않았다. 사랑을 주는 일로 인해 겁이 나는 게 아니라, 사랑을 받지 못 할까 봐 겁이 났다고 말을 꺼낸 게 부끄럽기도 했다. 하지만 일주일 정도가 지났을 무렵엔, 그러고 나서도 연락 한 통 없는 진호에게 다시 화가 났다.

토요일 아침에 우리 집에 온 애인이 택배 상자를 하나 들고 들어왔다. 크고 무거운 박스 위에 붙은 송장에는 진호의 이름이 찍혀있었다. 귀찮게도 여러 번 테이프로 감아둔 박스를 열어보니 이번에는 충전재와 뽁뽁이가 가득했고, 비닐을 다 벗겨내고 나니 흙만 가득 찬 검은색 플라스틱 화분 하나, 그 위에 작은 흰색의 카드가 한 장 꽂혀있었다. 한 면에는 강아지가 그려져 있었고, 다른 한 면엔,

'튤립은 땅속에서 아주 추운 겨울을 보내고서야 자란대. 충분히 춥지 않으면, 따뜻한 곳에서 겨울을 나면 싹을 안 틔운대. 아마 아주 예쁠 거야. ─진호'

"처남이 웬일이래."
"처남은 무슨."

나를 놀리듯 진호를 처남이라고 부르는 애인에게 핀잔을 주고 화분을 내려다봤다. 검은 개처럼 조용하게, 그 안에 뭐가 담겨있는지 보이지 않는 검은색 플라스틱 화분.

"아니 화분은 좀 좋은 걸로 해서 보내줄 수도 있는 거잖아."

"깨지지 말라고 그랬겠지. 내가 하나 사줄게."

"맞는 말만 하지 말고 내 편을 들어."

그러니까 흙만 가득 찬 게 아니라 튤립 구근이 들어있다는 거였다. 진호의 대답을 어떻게 받아들여야 할까. 어둡고 추운 시간을 견디면 예쁘게 피어날 거라는 교훈적인 말이 괘씸하고, 그런 동시에 처음으로 내 삶에 끼어든 진호가 보낸 씨앗에 입꼬리가 살짝 올라가는 듯도 하고. 그러니까 이 복잡다단한 마음 위에 무언가 자라날지도 모른다는 생각에.

essay
어찌할 수 없는 것

어린 시절의 기억은 묘하고 모호한 구석이 있다. 왜 그렇게까지 느꼈는지, 왜 그렇게까지 반응했는지 설명할 수 없는. 솔직한 마음 깊숙한 곳에서는 왜인지 알면서도 그걸 꺼내어 생각하거나 언어화하기에는 부끄럽고 눈물이 날 것만 같다.

그런 마음 중 하나는 사랑받고 싶었던 기분이다. 그리하여 사랑받지 못하는 기분이 싫어서, 거절당할까 두려워서 아무렇지 않은 척하거나, 오히려 부정하고 돌아서는 불안을 느낀다. 그걸 잘 해결하며 크지 못해 여전히 사람들의 말 한마디, 표정 하나에도 가슴 철렁이는 순간이 있다. 그것은 때로는 과도한 책임감으로, 타인에 대한 질책이나 질투로 끝이 난다. 부탁받지 않고도 나서서 했던 일을, 다른 이는 하지 않았다고 분해할 수도 있는 걸까. 그럴지도 모르겠지만.

이야기를 시작한 건 길었던 여름이 저물어갈 무렵이다. 자주 가는 집 근처 카페는 늘 강아지들로 북적였다. 동네 사람들이 저마다 지나는 길에 음료를 테이크아웃해 가거나, 가게 밖에서 강아지와 시간을 보내다 갔다. 이 카페는 대체 어떻게 동네 반려견 가정의 사랑방이 되었나, 하릴없이 앉아 그런 생각을 하곤 했다. 그 카페에서 강아지를 보지 못한 날이 없었다. 매일 같이 강아지들을 보고 있던 덕분인지, 대책 없이 강아지를 키우겠다는 어떤 남자가 떠올랐고, 그를 버거워하는 형제가 있으리란 생각이 들었다. 이상하게도 어떤 사람을 떠올리면, 그의 가족이 먼저 떠오른다. 진호와 진희 이름은 고민 없이 그냥 떠올렸다.

가끔 인스타그램이나 포인핸드를 보면 고양이나 강아지를 입양하고 싶은 충동이 일었다. 새끼 고양이보다는 다 자란 성묘를, 어린 강아지보다는 많이 지쳐 보이는 늙은 개를 볼 때면 그런 생각은 강해졌다. 상상뿐이었다. 나는 알레르기가 심했고, 남편도 마찬가지다. 본가에 사는 고양이 탓에 남편과 나는 그 집에서 자고 오는 날이면 매번 콧물을 흘리고 알레르기 반응으로 거칠어진 피부가 되어 돌아온다. 남은 평생 동물과 살 기회는 없을 것이었다. 하지만 인스타그램에서 고양이나 강아지 보호소를 팔로우 하며, 당장이라도 그곳을 찾아가고 싶은 그 이상한 충동은 여전하다.

나는 가끔 책임질 수 없는 것을 책임지려 했다. 타인의 삶, 타인의 감정. 아마 꽤 많은 사람이 자신의 능력이나 권한 밖에 있는 것을 더 나은 방향으로 이끈다고 믿으며, 자신이 옳다고 여기며 많은 책임감을 행사하고 있을 것이다. 책임지지 않고는 참을 수 없는 것들은 나 스스로에게서 견딜 수 없는 면이나 욕망이기도 해서, 책임감은 종종 상처나 질투에서 탄생하기도 한다. 곪은 감정을 해결하고 싶은 마음과 확인받고 싶은 마음, 결핍 같은 것들로부터.

나의 어린 시절은 나로부터 얼마간의 자유를 앗아갔다. 나답게 행동하지 못했던 기간을 기억하는 사람들 앞에서 나는 가끔 얼어붙는다. 엇나간 말은 주워 담을 수 없어서, 그 위에 다정한 기억을 덧입히기란 여간 힘든 게 아니다. 이야기 속 인물들을 닮은 이들이, 묵은 감정과 피로로부터 해방되기를 바랐다. 그게 무엇이든 이제 그만 내려놓으라고 말해주고도 싶었다. 자신의 상처를 그만 미워하라고. 책임질 수 없는 것을 책임지려 하지 말라고.

이
종
산

겨울 난로

essay
샌드위치를 사러 가는 모험

겨울 난로

난로를 하나 샀다. 지난겨울에 유행했던 파세코 난로를 살까 하다가 등유를 넣어야 하는 것도 부담스럽고 가격도 비싸서 포기했다. 대신 국내 브랜드에서 나온 작은 발난로를 샀다. 추우면 발이 가장 먼저 언다. 손도 발만큼 얼기 쉽기는 하지만 천장에 에어컨 겸용 히터가 있어서 괜찮았다. 천장에 달린 히터를 켜면 훈기가 있는 바람이 나온다. 오래 켜고 있으면 건조해서 눈이 뻑뻑해진다. 눈이 가장 먼저 건조를 느낀다는 것. 온도가 낮은 곳에 있으면 손과 발이 가장 먼저 언다는 것. 나는 그런 것을 느끼며 겨울을 지나고 있다. 살고 있다.

계절이 겨울로 접어들면 크리스마스를 날마다 기다리게 된다. 나는 크리스마스를 좋아한다. 산타, 꼭대기에 커다란 별이 달린 트리, 양말 속에 넣어놓은 선물, 기도하는 사람들과 노래를 부르는 아이들.

그리고 크리스마스카드. 나는 지금도 매해 겨울에 크리스마스카드를 손으로 직접 그려서 만든다. 받는 사람은 쇼핑몰에서 파는 멋지고 매끈한 카드를 더 좋아할지도 모르지만. 그런 생각을 하면서도 결국에는 매번 내가 그림을 그린 카드를 보내거나 건네게 되는 것은 순전히 내 욕심 때문일 것이다.

올해는 만날 사람이 없다. 나는 살던 곳과 멀리 떨어진 외딴섬에 살고 있으니까. 여기로 온 뒤로 나는 알던 사람들에게 점점 더 연락을 하지 않게 되었다. 무소식이 희소식이지. 그런 감각으로 구태여 친구들에게 안부를 묻지 않고 지낸다. 친구들에게는 가끔 연락이 온다. 연락이 오면 반갑다. 하지만 연락이 오는 일도 많지는 않다.

난로를 켠다. 가게에 출근하면 가장 먼저 커피 머신을 켜고, 전날 설거지해 놓은 그릇과 컵들을 정리한다. 화장실 청소를 하기도 한다. 가게 바닥을 쓸고 닦을 때도 있다. 전에는 매일 가게 바닥을 쓸고 닦았지만 겨울이 되어 추워지고 나서는 좀 귀찮아져서 청소를 게을리하고 있다. 블라인드도 내려두는 날이 많다. 아직 겨울의 메뉴를 정하지 못해서다. 무엇을 팔지 정하지 못했는데 손님이 오면 곤란하다. 며칠 전에도 손님이 와서 가게 문을 흔들었는데 팔 것이 없어 죄송해하며 돌려보냈다.

"죄송하지만 오늘은 영업을 안 하는 날이어서요."

그렇게 말하면 그냥 돌아갈 줄 알았는데 손님은 이해가 가지 않는다는 표정으로 되물었다.

"왜요?"

왜라니. 나는 할 말이 떠오르지 않았지만 겨우 대답을 찾았다.

"저희도 가게니까 뭘 팔긴 팔아야 하는데, 무엇을 팔지 아직 정하지 못해서요."

손님은 그게 무슨 말이냐는 듯 나를 빤히 보다가 물었다.

"그럼 화장실만 좀 쓸 수 없어요?"

나는 카운터 안쪽에 넣어둔 화장실 열쇠를 챙겨서 손님과 함께 나가 문을 열어주었다.

"커피라도 팔면 한잔 살 텐데."

손님은 겸연쩍은 얼굴로 화장실에 들어가며 말했다.

"괜찮습니다."

손님이 들어간 뒤에 나는 가게로 돌아와 기다렸다. 손님은 한참 뒤에 나왔는데, 유리문 너머로 보이는 나에게 고개를 살짝 숙여 인사를 하고 떠났다. 나도 마주 고개를 숙였다. 손님이 완전히 떠난 뒤에 화장실로 가보니 무척 깨끗했다. 마치 아무도 쓰지 않은 것처럼 깨끗해서 나는 방금 왔던 손님이 허깨비는 아니었나 하고 그가 사라진 길을 잠시 멍하니 바라보았다. 하지만 날씨가 너무 추워서 오래 그러고 있지는 못하고 얼른 가게 안으로 들어가 난로에 손을 쬐고 발도 녹였다. 작은 난로지만 꽤 따뜻하다. 작은 것이라도 난로를 사두어서 다행이라고 생각했다. 작은 난로라 값도 쌌다. 전기세 걱정도 없다.

나는 그런 소박함을 좋아한다. 비싸고 등유를 갈아 주어야 하는 일본제 난로보다 값이 저렴하고 전기 스위치를 켜면 그만인, 자리도 많이 차지하지 않고, 가벼워서 옮기기도 편한 국산 발난로에 애정이 더 간다. 그렇지만 누가 파세코 난로를 사 주었다면 그것도 만족스러워하며 잘 썼을 것이다. 만약 산타 할아버지가 크리스마스에 우리 집에 찾아와 빨간 자루에서 파세코 난로를 꺼내준다면 기쁠 것이다. 하지만 그런 일이 생기지 않아도 좋다.

만약에 산타가 '무엇이든 당신이 원하는 것'이든 선물 상자를 내게 준다면, 그 상자 안에는 무엇이 들었을까?

나는 가게에 앉아 대개는 그런 공상을 한다. 장사할 궁리는 하지 않고, 무엇이든 내가 원하는 것이든 상자에는 무엇이 들어 있을까, 그런 생각이나 하고 앉아 있다.

*

겨울은 분명 추운 계절인데, 따뜻함을 가장 자주 느끼는 계절이기도 한 것 같다. 추운 바깥에서 벌벌 떨다가 실내로 들어갔을 때의 따뜻함. 추운 날 마시는 따뜻한 커피와 입김의 온도. 사우나와 온천. 목도리와 장갑. 장작불과 마시멜로.

춥기 때문에 더 자주 따뜻한 것을 찾고, 따뜻한 것이 더 각별하고 소중하게 느껴진다. 올해 겨울에 나는 새 머플러와 장갑을 사지 못했다. 코트도 작년에 입던 것을 올해도 입는다. 사고 싶은 것이야 많지만 겨울옷은 비싸다. 머플러 하나 정도는 사려면 살 수도 있지만, 재작년에 샀던 것이 아직 멀쩡해서 돈을 아끼기로 했다.

겨울에는 왠지 일이 끊긴다. 새로운 일을 계약하는 계절이 아니어서 그럴 거다. 1월이 지나고 2월쯤 되면 다시 일이 들어오기 시작한다. 봄 마감, 여름 마감, 가을 마감도 2월에 생긴다. 12월은 휴식의 달이다. 연말 휴가와 크리스마스 파티들이 있고, 송년회와 떠들썩한 술자리가 있다.

올해는 그런 것들로부터 멀어지기로 했다. 인간관계가 협소한 나에게도 연락이 조금 왔다. 그저 매년 하던 대로 소소하게 친한 사람들끼리 모이자는 이야기였다. 나의 친구들은 매년 서로의 집에서 소박한 크리스마스 파티를 하고는 했다. 맛있는 것을 각자 가져와서 나누어 먹고, 크리스마스카드를 교환하고, 케이크도 먹는다.

어릴 적에는 가족들과 크리스마스 파티를 했지만, 크고 나서는 친구들과 그런 것을 했다. 그러나 올해는 혼자 크리스마스를 보내기로 했다. 연락을 준 친구 몇에게 올해는 갈 수 없겠다고 하면서 내가 있는 도시로 놀러 오라고 했지만 다들 연말에는 이런저런 약속이 있어 못 온다고, 나중에 따뜻해지면 오겠다고 했다. "그래, 그럼 봄에 와." 나는 모두에게 똑같이 말했다.

혼자 보내는 크리스마스. 가슴이 무척 설렌다. 크리스마스를 혼자 보내는 건 처음이다. 약속이 없는 크리스마스는 있었지만, 그런 날도 가족들과 케이크를 먹기는 했다. 크리스마스 당일에는 약속이 없어도 그 전이나 후에 이런저런 자리들이 생겨 참석해야 하는 날이 많았다. 친구들과 함께 모여 크리스마스 파티를 하는 것도 좋지만, 아무 약속도 없는 12월은 근사한 선물처럼 느껴진다. 12월인데 아무데도 가지 않아도 된다니. 아무도 만나지 않아도 되고, 아무것도 사지 않아도 된다. 해방이라도 된 기분이다. 자유. 해방. 만세.

나는 혼자 신이 나서 크리스마스 준비를 시작

했다. 선물을 살 필요는 없지만 오직 나만을 위한 크리스마스 물건들을 사는 것은 꽤 재밌었다. 우선은 작은 크리스마스트리를 샀다. 다이소에서. 언젠가는 <나 홀로 집에>에 나오는 것 같은 진짜 전나무 트리를 가져보고 싶다는 꿈이 있다. 하지만 그것은 꿈일 따름이고 지금은 다이소에서 파는 작은 트리로도 만족할 수 있다.

트리에 다는 장식에는 욕심이 좀 나서 이것저것 찾아봤다. '오너먼트'라고 부르는 트리를 장식하는 물건들은 찾아보니 엄청나게 종류가 많고 가격도 천차만별이었다. 갖고 싶은 것은 대부분 비쌌다. 욕심나는 대로 다 샀다가는 재산을 탕진해버릴 것 같았다. 결국에는 갖고 싶은 것 중에서 딱 하나만 고르기로 했다. 천사 모양의 오너먼트를 샀다.

배송은 일주일이 넘게 걸렸다. 거의 열흘 만에 받은 듯하다. 섬에 있는 도시라서 무엇이든 늦게 배달된다. 가게 앞으로 도착한 상자는 작고 가벼웠다. 나는 상자를 가지고 들어와 테이프를 뜯고 그 안에 든 것을 꺼냈다. 천사는 포장재에 둘둘 말려 있었다. 너무 두껍고 단단하게 싸여 있어서 포장을 다 풀고 나니 꼭 묶여 있던 천사를 풀어준 듯한 기분이었다.

천사는 온라인숍 사진으로 본 것보다 실물이 더 마음에 들었다. 크기는 내 엄지보다 약간 더 작고, 광택이 나는 하얀 도자기 위에 푸른색 물감으로 눈 코 입을 단순하게 그려 넣었다. 옷도 페인팅이 되어 있었는데 하늘색 테두리 안에 작고 노란 별들이 무늬처럼 들어가 있었다.

나는 천사를 손안에 놓고 가만히 바라보다가 트리에 조심스럽게 그것을 달았다. 천사는 트리에 묶을 수 있게 끈이 달려 있어서 다는 것이 어렵지 않았다.

천사를 트리에 달고 나니 왠지 달기 전보다 휑해 보였다. 아무래도 좀 더 꾸미는 것이 좋을 것 같았다. 오너먼트를 몇 개 더 살까 하다가 일단은 가게에 있는 것 중에서 트리에 달 만한 것을 찾아보기로 했다. 우선은 색종이가 있어서 작은 별들을 접어 트리에 붙였다. 엉성하긴 했지만 나름대로 귀여웠다. 종이접기에 재미가 붙어서 산타도 접어서 붙이고, 루돌프는 그림으로 그려 오려서 산타 옆에 붙였다. 뭔가를 더할수록 점점 더 어린아이가 제멋대로 꾸민 트리 같아졌다. 엉성한 것들 가운데서 천사만 제대로였다. 천사는 트리 가운데에서 하얗게 빛났다.

이왕 꾸미기 시작한 거 완성을 해보자 싶어서 노란 색종이로 큰 별을 접어 트리 꼭대기에 꽂았다. 다른 것들을 붙일 때는 목공용 풀을 쓰기도 했지만, 꼭대기의 별은 트리에 쉽게 꽂혀서 풀을 쓸 필요까지는 없었다. '뭔가 허전한데.' 그런 생각을 하다가 전구가 빠진 것을 알았다. 반짝반짝 빛이 나는 전구가 있으면 트리가 좀 더 그럴싸해 보일 것 같았다.

그 길로 전구를 사러 나갔다. 한 시간에 한 대씩 오는 버스는 도착 예정 정보도 뜨지 않아서 그냥 걸어가기로 했다. 다이소는 언덕 아래에 있어서 한참을 걸어야 한다. 코가 시려서 머플러를 얼굴까지 둘둘 감고 언덕을 걸어 내려갔다. 찬 바람이 불었지만, 머리와 등에 닿는 햇볕이 따뜻해서 괴로울 정도로 춥지는 않았다. 걷다 보니 몸에서 열이 나서 가게 안에 있을 때보다 오히려 나은 것 같았다.

다이소에 가서는 엉겁결에 산타 모자를 사 버렸다. 작은 전구들이 달린 초록색 줄과 산타 모자를 사서 돌아오면서 '너무 들떴나?' 생각했지만, '들뜨면 어때' 싶기도 했다. 크리스마스는 일 년에 한 번뿐이다. 세상을 구하기 위해 신이 보낸 존재가 지상에 인간의 몸을 빌려 태어난 날이라니. 그날을 온 세상 사람들이 이천 년이 넘도록 기념하면서 축제와 파티를 벌인다니. 너무 시적이지 않은가. 게다가 산타와 루돌프는 또 뭐란 말인가. 산타가 루돌프가 끄는 썰매를 타고 하늘을 날아다니며 온 세상 어린이들에게 선물을 나눠 준다는 이야기는 설화에서 비롯된 것이라고 한다. 크리스마스에는 신화와 옛날이야기, 동화가 뒤섞여 있다. 그리고 사람들은 매해 새로운 크리스마스 이야기를 만들어 낸다. 크리스마스는 그런 식으로 점점 더 큰 이야기 덩어리가 된다. 눈뭉치처럼.

어쩌면 사람들은 연말을 즐겁게 보내기 위한 핑곗거리가 필요해서 크리스마스를 만들어낸 게 아닐까? 연말은 일 년 중에서 가장 일이 없는 기간이다. 농사도 다 지었고, 가을에 수확한 먹을거리들도 있다. 무엇보다 겨울은 춥고 길다.

크리스마스 같은 이벤트라도 없으면 12월은 사실 황량한 달일지도 모른다. 춥고 쓸쓸한 달. 그러나 크리스마스 덕분에 전 세계는 축제와 파티를 열고 사람들을 만나 선물과 덕담을 주고받으며 즐거운 시간을 보낼 수 있다. 한 해를 떠나보낸다는 의미만 있는 송년회보다는 세상을 구하기 위해 내려온 사람의 탄생을 기념한다는 이야기가 붙은 날이 더 재밌고 매력적이다.

예수의 생일 파티. 산타가 선물을 주는 날. 나는 딱히 종교가 없기 때문에 예수의 생일이 내게 그리 큰 의미로 느껴지지는 않는다. 나에게는 석가탄신일과 비슷하다. 산타에게 선물을 받을 수 있는 나이가 아니니 산타클로스가 실제로 존재한다고 해도 우리 집에 올 일은 없다. 그런데도 나는 크리스마스를 좋아한다. 크리스마스라는 거대한 이야기를 사랑한다. 사람들이 이야기를 더하고 더한 거대한 덩어리에 애정이 간다.

그 덩어리는 인간의 상상력과 따뜻한 마음, 선의, 그리고 소망으로 이루어져 있다. 크리스마스에는 인간이 무엇을 원하는지가 담겨 있다. 구원과 베풂, 나눔, 모두가 행복하고 평안하기를 바라는 마음. 기쁨에 대한 소망. '메리 크리스마스'라는 인사에는 따뜻한 온기가 담겨 있다.

크리스마스와 크리스마스이브 중에 어느 날이 더 중요한 날일까? 교회에 다녀본 적이 없는 나는 매해 그것이 헷갈린다. 헷갈렸지만 왠지 크리스마스 당일날 밤이 되면 축제 분위기가 사그라들고 김이 빠질 것 같아서 이브부터 즐기기로 했다. 12월 24일 오후 다섯 시에 시내에 있는 공연장에서 크리스마스 콘서트가 있었다. 동네에 걸린 현수막을 보고 갈까 말까 고민하다가 이틀 전에 예매했는데 아직 남은 자리가 있었다. 우리 동네에는 줄을 서는 맛집도 없고, 크리스마스 콘서트 예매 경쟁도 없다. 한가한 동네에 사는 것의 좋은 점이다.

크리스마스 콘서트에는 버스를 타고 갔다. 버스에도 사람이 별로 없었다. 텅텅 빈 것까지는 아니었지만 빈자리가 몇 개 있었다. 공연장까지는 30분쯤 걸렸다. 버스에서 내려 공연장 안으로 들어가니 로비는 나름대로 북적였다. 서울에 있는 예술의 전당이나 세종문화회관만큼은 아니어도 어쨌든 로비가 사람들로 꽉 찼다. 꽃다발을 들고 온 사람들도 꽤 있었다. 아마 공연을 하는 연주자들의 친구나 가족일 듯싶었다.

따뜻하고 훈훈한 분위기가 감도는 로비를 지나 공연장 직원에게 미리 예매를 했다는 것을 확인받고(휴대전화 번호를 알려주면 끝이었다) 종이 티켓과 팸플릿을 건네받아 안으로 들어갔다. 공연장에 온 것은 처음이었는데 좌석이 생각보다 많았다. 빨간색 천이 씌워진 옛날식 극장 의자였다. 등받이와 쿠션은 두껍고 푹신푹신해서 앉아 보니 편안했다.

공연장에 조금 일찍 도착한 터라 여유가 있었다. 나는 직원에게 받은 팸플릿을 괜히 펼쳐 천천히 읽었다. 팸플릿에는 연주자들의 사진과 이름, 간단한 소개가 나와 있었다. 대규모 오케스트라가 아니어서 연주자의 수가 그리 많지는 않았다. 피아니스트와 성악가도 있었다.

공연 시간이 다가올수록 좌석도 하나씩 계속 채워졌다. 어른과 함께 온 어린이 관객들이 많았다.

관객의 반은 어린이들인 것 같았다. 연인 사이로 보이는 관객이나 친구와 함께 온 관객, 혼자 온 관객들도 있었지만 어린이들만큼 많지는 않았다. 어린이 관객들은 특별한 날에 커다란 공연장에 왔다는 것만으로도 설레는 듯 보였다. 어린이 관객들 덕분에 공연장의 공기에도 설렘이 섞여 분위기가 좋았다. 연주자들에게도 뚱하거나 근엄한 표정으로 앉아 있는 성인보다는 눈을 반짝이며 공연을 보는 어린이가 훨씬 더 좋은 관객이 아닐까 싶었다.

팸플릿에 적힌 공연의 러닝 타임은 90분이었다. 왠지 공연이 시작되기 직전이 되자 자리에서 일어나 집으로 돌아가고 싶어졌지만, 양쪽에 이미 사람이 앉아 있어서 나가기가 어려웠다. 그래도 양해를 구하고 나갈까 마음을 먹은 순간에 공연장 불이 꺼졌다. 무대 위 붉고 커다란 커튼이 열리는 순간이 멋져서 살짝 들었던 엉덩이를 도로 붙였다.

공연을 보면서는 하품을 참느라 힘들었다. 연주가 별로였다기보다 오랜만에 밖에 나와 사람이 많은 곳에서 음악 공연을 보고 듣는 일 자체가 피로했다. 나는 원래 공연을 잘 보지 못한다. 한 자리에 가만히 앉아 오직 무대를 보는 행위 하나만 해야 하는 것이 힘들다. 몸을 들썩이거나 기침을 하는 것 같은 사소한 일도 많은 사람들에게 피해를 줄 수 있다는 생각을 하면 밧줄에 몸이 꽁꽁 묶이고 입에는 재갈이 물린 것처럼 괴롭다. 움직이거나 소리를 내면 안 된다는 생각을 할수록 오히려 콧노래를 흥얼거리거나 큰소리로 헛기침을 하거나 춤을 추고 싶은 충동이 강하게 올라온다. 그런 충동을 억누르느라 매번 힘이 든다.

무대 위에 있는 사람들이 연주를 즐기는 것 같아 보이는 순간이나 관객들이 연주를 듣고 진심으로 즐거워하는 것 같은 순간에는 나도 잠깐이나마 흥이 났다. 피아노 연주를 라이브로 듣는 것도 좋았다. 하지만 공연이 끝난 뒤에는 썰물처럼 밀려 나가는 인파 속에서 약간 쓸쓸해져서 괜히 왔나 싶은 생각이 들었다. 그래도 나쁘지만은 않았어. 나는 그런 생각을 하며 애써 공연을 보면서 좋았던 순간들을 하나씩 떠올렸다.

　집으로 바로 돌아갈까 하다가 가게로 발길을 돌렸다. 편의점에서 와인도 한 병 사고, 빵집에도 들렀다. 크리스마스 케이크를 살까 싶어 들어갔던 것인데 혼자 먹을 생각을 하니 막막해서 대신 롤케이크를 하나 샀다. 노란빛이 도는 푹신한 시트에 하얀 크림을 바르고 둘둘 만, 평범하고 소박한 롤케이크였다.

　롤케이크를 계산할 때 빵집 주인이 초를 함께 챙겨 주었다. "롤케이크도 초를 주시나요?" 하고 물었더니 "원래는 아닌데 크리스마스니까요. 크리스마스 잘 보내세요." 하고 말해주어서 마음이 따뜻해졌다. "감사합니다. 크리스마스 잘 보내세요." 그렇게 마주 인사를 하고 나오는데 왠지 조금 울고 싶어졌다.

　쓸쓸한 걸까?

　혼자라서?

　그런 생각을 하며 가게에 갔다. 하지만 가게 문을 열고 들어가 불을 켠 순간 쓸쓸한 마음은 사라졌다. 가게는 평소처럼 조용했다. 안전한 느낌이 들었다. '이곳은 나의 공간이다. 나의 가게다.' 나는 작은 가게 안을 바라보며 생각했다. 그러자 마음이 살짝 밝아져서 침울했던 기분이 옅어졌다.

나는 카운터 안쪽으로 들어가 롤케이크를 한 조각 잘라 접시에 담고, 포크와 유리컵 하나를 챙겨 테이블로 갔다. 노트북을 열고 유튜브로 들어가 크리스마스 콘서트 영상 목록을 띄워놓고 유리컵에 와인을 따랐다. 어디서나 쉽게 구할 수 있는 레드 와인이었다. 콘서트 영상 중 하나를 골라 재생하자 캐럴이 흘러나와 가게 안의 공백을 채웠다.

징글벨, 징글벨. 나는 콧노래를 흥얼거리며 테이블에 앉으려다가 '아, 참' 하고 난로를 켰다. 나의 작은 발난로. 에어컨 히터도 있지만 난로를 켜지 않으면 이제는 허전했다. 난로를 켜서 손과 발을 녹이면서 내년에는 조금 더 큰 난로를 사볼까 생각했다.

크리스마스트리에 둘둘 감아놓은 전구 줄의 스위치를 켜고 가게 불을 끄자 분위기가 조금은 괜찮아졌다. 카운터에 있는 스탠드 조명도 켰다. 스탠드 조명은 은근히 빛이 밝아서 그것 하나만 켜놓아도 책을 읽을 수 있다.

　겨우 테이블에 앉아 롤케이크를 먹고 와인을 홀짝이며 크리스마스카드나 한 장 그려볼까 아니면 소설책이나 하나 골라 읽어볼까 하고 있을 때 누군가 가게 문을 흔들었다. 나와 나이가 비슷하거나 조금 더 어릴 듯한 젊은 여자 손님 둘이었다.

　"지금 영업 하시나요?"

　나는 뭐라고 말할까 망설이다가 대답했다.

　"네, 들어오세요."

　그런데 무엇을 팔아야 하나. 이제 막 들어온 손님들을 등 뒤에 두고 블라인드를 올리며 생각했다. 유리창 바깥으로 눈이 날리고 있었다. 펑펑 내리는 함박눈이 아니라 땅에 떨어지자마자 녹을 듯한 가볍고 여린 눈이었다.

essay
샌드위치를 사러 가는 모험

소설은 공상 속 세계입니다. 소설 한 편을 끝내면 공상 세계의 문을 닫고 현실로 걸어 나갑니다. 오늘은 오전에 느지막이 일어나(항상 이렇게 일어나지만) 샌드위치를 사러 갔습니다. 집에 있는 냉장고 안에는 상했거나 상하기 직전의 음식밖에 없었습니다. 어제는 가스레인지가 말썽이라 컵라면 밖에 먹지 못했습니다. 컵라면은 저녁 일곱 시쯤 먹었고, 새벽 두 시쯤 자서 오전 열 시쯤 일어난 터라 배가 좀 고팠습니다. 오전 열 시에 눈을 뜨고도 한 시간쯤이나 더 이부자리에서 뒹굴뒹굴하다가 열한 시가 넘어 밖으로 나갔지요.

소설 속 공상 세계는 이미 한겨울이었지만, 현실의 이곳, 오늘의 제가 살고 있는 동네는 무척 더웠습니다. 언덕길을 내려가다가 너무 더워서 지금 기온이 얼마나 되나 하고 휴대전화로 날씨를 찾아보았더니 무려 22도였습니다. 벌써 11월 초인데 말이에요. 한여름처럼 무덥고 습한 지독한 날씨까지는 아니어도 햇볕이 꽤 뜨거운 날이었습니다. '뜨거운 날'이었다고 과거형으로 쓰는 이유는 그 뜨거웠던 시점에서 한두 시간이 지난 지금은 뜨겁기보다는 흐린 날씨가 되었기 때문입니다. 제가 사는 동네의 날씨는 하루에 최소 다섯 번, 많게는 열두 번까지 변합니다. 그야말로 변화무쌍한 날씨이지요. 마치 사람의 기분과 비슷합니다.

동네에는 마당에 귤나무가 있는 집들이 많아 언덕을 내려가다 보면 주렁주렁 열린 귤들이 보입니다. 이곳에서 살다 보니 '노지 귤'의 맛을 알게 되었습니다. 마트나 시장에서 사 먹는 귤은 물맛이 나서 맛이 그저 그런데, 동네 분이나 친구가 가져다주는 귤은 새콤달콤하고 아주 맛있습니다. 그런 귤의 맛을 알고 나니 이웃집들의 마당에 열린 노란 귤을 보면 입안에 저도 모르게 침이 돌고는 합니다. 어쩔 수 없이 군침을 삼키며 언덕을 내려가지요.

그렇게 언덕을 내려가다 보면 저멀리 바다가 보입니다. 날씨에 따라 매일, 매시간 색이 변하는 바다입니다. 오늘처럼 구름이 많은 날에는 바다색이 파랗기보다는 하얗거나 은색 빛이 돌아요. 더 흐린 날에는 회색으로 보이기도 합니다. 특히 비가 오는 날에는 그렇습니다.

아까 언덕을 내려갈 때는 아직 비가 내릴 기미는 없었고(오후 두 시가 넘은 지금은 곧 비가 내릴 것 같은 날씨가 되었습니다) 햇빛이 꽤 있었습니다. 그때의 바다는 뿌연 은색에 가까웠고 햇빛 때문에 반짝거렸습니다. 바다 한가운데에는 커다란 배 한 척이 떠 있었고요. 아마 그 배는 외국 사람들을 태우고 오는 하얀 유람선이었을 겁니다.

또 무엇을 봤을까요? 언덕을 걸어 내려가면서는 전하고 싶은 풍경들이 많았는데 샌드위치를 사서 돌아온 지금은 벌써 기억이 다 날아가버린 듯합니다. 가끔은 풍경을 메모하고 싶은 마음이 들 때도 있지만, 결국은 하지 않습니다. 휴대전화로 사진을 찍을 때는 있지만요. 오늘 샌드위치를 사러 가면서 찍은 사진을 한 번 볼까요?

굴나무 사진 두 장, 물이 담긴 양동이 세 개(밭 옆에 있는 잡초만 듬성듬성 자란 작은 땅에 놓여 있음), 작은 숲 공원 길, 빵집에 새로 나온 케이크, 초록 잔디가 깔린 축구장(그물망 같은 펜스가 함께 찍혔다), 언덕 위에서 보이는 달리기 트랙 너머 바다(사진으로 보니 연한 푸른빛이고 하늘은 옅은 하늘색이네요. 그 방향의 하늘에는 구름도 별로 없고요. 하지만 반대편, 제가 있는 곳 위에 있는 하늘에는 두꺼운 구름이 떠 있었습니다). 저희 가게의 이웃인 숏트롱 시네마가 있는 건물도 찍었네요. 일부러 삐뚤빼뚤하게 붙여 놓은 가게 이름 스티커가 귀여워서요.

샌드위치를 사서 돌아오는 길은 아주 힘들었습니다. 가는 길은 내려가는 길이지만 돌아오는 길은 올라가는 길이라서 어쩔 수가 없습니다. 게다가 정오가 가까워질수록 해가 더 뜨거워져서 땀이 나고 더웠습니다. 중간에 벤치에도 앉아 쉬었습니다. 제가 앉은 벤치의 오른편에는 할머니 두 분이 쉬고 계셨고, 왼편에는 할아버지가 쉬고 계시다가 전기자전거를 타고 금방 자리를 떠났습니다. 우리 동네는 언덕이 높아서 쉬엄쉬엄 산책을 하러 나갔다가도 나중에는 결국 고강도 운동이 되어 버립니다. 계단도 많이 올라야 하고, 언덕은 올라도 올라도 끝이 없습니다.

가게에 와서는 아이스 라떼를 만들어 샌드위치와 함께 먹었습니다. 이렇게 쓰고 나니 에세이와 소설이 구분되지 않는 것 같고, 소설 속 세계와 저의 현실 세계가 꼭 같은 것 같지만 저에게 그 둘은 확실히 다른 세계입니다. 가게가 생긴 모습도 전혀 다르지요. 주인공의 생김새도 저와는 다르고요. 당연히 소설 속에서 일어난 일도 대부분 허구입니다(현실에서 일어난 일은 1% 정도).

네 명의 작가가 계절마다 한 편의 소설과 에세이를 쓰는 '사각사각' 시리즈가 어느새 네 번째 계절에 도착했습니다. 봄의 소설과 에세이를 쓰면서는 어떻게 한 해에 네 편이나 쓸까 막막하기도 했는데 말이에요. 저에게는 소설과 에세이의 경계를 가늠해 보는 시간으로 의미가 있기도 했고, 계절에 푹 파묻혀 글을 쓰는 것도 즐거웠습니다.

저는 제가 사는 동네의 풍경이 담긴 엽서를 보내는 마음으로 네 번의 글을 보냈던 것 같습니다. 그 글들이 여러분께 가끔 꺼내어 보는 엽서가 되어도 좋고, 잊고 있다가 방 정리를 할 때 불쑥 나타나는 옛날에 받은 편지 같은 것이 되어도 좋겠습니다. 이 책이 나올 쯤에는 이런 인사가 적당한 때가 되어 있겠죠? 메리 크리스마스 앤 해피 뉴이어! 새해 복 많이 받으세요.

(김 현)

추희와 율미

essay

눈이 오면

추희와 율미

어릴 적 부모를 여의고 홀로 된 추희에게는 딸이 셋 있었다. 스물하나에 낳은 첫째 도순은 올림픽이 열리던 해에, 스물일곱에 낳은 둘째 덕혜는 여섯 살에 세상을 떠났다. 둘째가 떠나고 남편 태석과도 헤어졌다. 한국 정부가 국제통화기금에 구제금융을 신청했을 때였다. 셋째 율미만이 추희 곁에 남았다. 율미는 덕혜보다 1분 11초 늦게 태어났다.

자식 둘을 먼저 떠나보내고 제정신일 부모가 어디 있겠느냐마는, 추희는 율미만은 지키기 위해 악착같이 살았다. 이런저런 단기 일자리를 전전했고 부업까지 하다가 동창 시회의 소개로 성남에서 접객 일을 시작했다. 처음엔 낯설고 거북했으나 점차로 익숙해졌다. 먼 훗날 언젠가, 하고 자주 소원했다. 이제 추희에게 남은 시간은 기다림의 시간이었다. 그즈음 아귀가 된 옛 조상이 찾아와 율미마저 데려가겠다고 했으나 상다리가 부러지게 밥상을 차려준 후에 돌려보냈다. 불같은 사랑, 애틋한 이별, 단란한 미래를 꿈꿔본 남자도 두셋 있었지만, 끝에 가서 꼭 돈 빌려 튀거나 잠수를 타거나 부인이 찾아오는 식으로 사달이 났다. 성남 다음은 화성, 그다음은 양주였다.

한·일 월드컵으로 온 나라가 떠들썩한 가운데 미군 공병 전차 때문에 여중생들이 압사당하는 사건이 벌어지고 조용히 잊히던 무렵이었다. 양주 사는 사람이라면 누구나 그 일을 입에 올렸고, 쉬쉬했고, 대한민국을 연호하는 붉은 악마들을 잘 보다가도 고갤 절레절레 흔들며 눈을 질끈 감곤 했다. 희생자들과 같은 학교에 다니던 아이들 몇몇은 정신적 충격으로 며칠을 끙끙 앓았고, 부모들은 미군이라고 하면 치를 떨었다. 그런 분위기 탓에 추희 역시 도순과 덕혜를 어르고 달래다 자주 잠에서 깼고, 율미를 염려하며 하루하루를 보냈다. 속병이 났다. 밤낮을 바꿔 산 지가 얼만데 이제야 병이 나네. 추희는 곪아 터질 게 터진 거라 체념하며 약을 달고 살다가 어느 밤 뇌출혈로 쓰러지고 말았다. 죽을 고비를 넘겼다. 엄마 연화가 말없이 손을 잡아주었을

뿐인데 그게 큰 힘이 됐다. 긴급 수술 후 정신을 차렸을 땐 율미가 추희의 한 손을 두 손으로 감싸 쥔 채 잠들어 있었다. 그 모습이 짠하기보단 그럴싸해서 추희 마음이 철렁 내려앉았다. 이러다 더 큰일이 생기겠구나, 율미가 혼자돼도 이상하지 않겠구나. 추희는 퇴원하자마자 작심하고 신변잡사를 정리했다. 시회의 아는 사람의 아는 사람이 싸게 내놓은 밭을 샀고 그런대로 살만한 작은 집도 얻은 후에 접객을 접고 양주를 떠나왔다.

추희에게도, 율미에게도 난생처음 자기 방이 생겼다. 추희는 그 방에 개다리소반을, 그 위에 작은 십자가와 손바닥만 한 불상을 놓아두고 아침마다 예수님, 부처님 하며 절했다. 도순과 덕혜와 율미를 위해 명복과 지복을 빌었다. 종종 날벌레나 여러 발 달린 곤충으로 분한 도순과 덕혜가 추희를 찾아와 머물다 가곤 했고 추희도 그 사실을 알아 살생하지 않았다. 율미의 방에는 책상과 의자가 생겼다. 그런데도 중학교에 입학한 율미는 그 방에 혼자 앉아 있는 대신 추희 곁을 맴돌다가 추희 무릎을 베고

누웠다가 잠들었다가 추희 따라 안방으로 갔다. 그러면 추희는 아이고 우리 똥강아지, 하며 율미가 꿈꾸게 한 후에 자기도 눈을 붙였다. 그렇게 방 두 개를 쓰고도 방이 하나 남아 한 번씩 그 방에 손님을 들였다. 첫 손님은 시회였는데, 캐리어까지 끌고 와선 일주일을 머물렀다. 접객하러 일본으로 가게 됐다고 했다.

─스시 토 미즈 쿠다사이, 스시랑 물 플리즈란 뜻이야.
─가면 언제나 와?
─일본이 뭐 먼가, 비행기 타면 부산보다 가깝지. 오려면 한 달에 대여섯 번도 오지.
─와?
─오차 쿠다사이, 오지. 고한 쿠다사이. 가봐야 알지.

실은 모를 일이었다. 그 뒤로 시회는 그 손님 방에 다신 머물지 못했다. 그래서 추희는 쿠다사이, 쿠다사이 하며 자주 시회를 그리워했다. 앞니가 토

끼처럼 불거져서 웃을 때면 참으로 앙증맞던 시회. 작은 게 산들산들해서 천생 사랑받을 팔자였는데. 식물을 좋아해서 나중에 자기 집이 생기면 화원처럼 꾸미고 살겠노라 노랠 불렀는데. 일본 가 삼 년쯤 됐을 땐가 돈 많은 재일교포 하날 물었는데 너무 꽉 물어서 재주도 없는 살림을 하게 됐다고 너스레를 떨었는데. 마침내 사랑받으며 사나 보다 기대를 한 몸에 받던 시회는 급전이 필요하다며 추희에게 이천만 원을 빌렸고 연락을 끊었다. 연락이 끊긴 거겠지. 돈이야 없는 돈 셈 쳐도 사람이 어디 없는 사람이 되나. 살아 있기만 해라. 그러면 언제든 어디서든 만나겠지. 추희는 양미리조림에 소주잔을 기울일 적마다 시회가 알배기 양미리를 그렇게 좋아했는데 하며 눈물을 찔끔거렸다. 율미는 추희 옆에 말없이 앉아 잔이 비면 술을 따르다가 거실에 고꾸라져 잠든 추희에게 이불을 덮어주고 그 옆에 누워 추희가 잠결에 옹알거리는 소리를 들었다. 옛날 옛적에, 자신이 태어나기 전에, 큰 슬픔이라곤 없던 젊은 엄마의 활기찬 얼굴을 상상하며 창문 밖에서 가물가물하게 움직이는 불빛을 바라보다가 스르륵 잠들었다. 집 안으로 스며들어온 그 불빛은 잠든 두 사람 곁에 앉아 뭐라 무어라 속삭였는데 인간이 알아들을 수 없는 말이었다.

하룻밤 사이에도 많은 것이 변했다. 어제 있던 가게가 전에 있던 가게가 되고, 두 번 다시 안 볼 것처럼 굴던 사람에게 속내를 털어놓고, 제사상과 생일상을 한 상으로 대신하는 집도 생겨났다. 한 번은 추희 꿈에 연화가 찾아와 율미에게 사고수가 있다고 경고해 준 덕에 율미는 큰 사고를 면했고 무사히 중3이 되었다. 마침내 자기만의 방에 안착하여 책을 읽고 라디오를 듣고 일기를 쓰고 책상 서랍을 잠갔다. 중2 때부터 마음을 주거니 받거니 하며 웃고 울던 정인이 있었다.

정인이라면 추희도 모르지 않았다. 주말이면 추희네서 살다시피 하는 아이로 붙임성이 좋아 추희를 엄마라 부르며 따랐다. 율미는 울며 겨자 먹기로 어쩌다 한번 밭에 나오는데 정인은 밭일 중인 추희를 봤다 하면 엄마, 엄마 달려들어 소매를 걷어붙이고 앉았다. 햇빛 마사지를 골고루 받아 까무잡

잡하고 윤기가 나는 얼굴로 연신 벙긋벙긋 웃었다. 무엇이 그리 좋냐고 물으면 엄마도 좋고 땅도 좋다고 했다. 어린 게 어디서 저런 알토란 같은 말을 배웠을까. 추희는 동네에서 금실 좋고 사람 좋기로 소문이 자자한 정인이네 어르신 내외를 떠올렸다. 사람이 사람을 키운다고, 부모 없이 자란 정인이 저리 구김살 없이 슬픔을 자기 안으로 잘 숨기게 된 건 그분들 덕이겠구나. 추희는 정인이 율미 옆에 오래 붙어 있음 좋겠다고 바랐다. 바랐건만 언제부턴가 율미는 정인 대신 수진이, 수민이, 수정이와 어울려 다녔다. 자기들끼리는 '수녀시대'라 불렀다.

—넌 이름에 수자도 없으면서 거기 왜 껴 있어?
—엄마, 내가 수녀시대 리더야. 원래 리더는 좀 달라야 하는 거거든.
—그런 거야?
—응, 그런 거야. 요즘엔.
—요즘 정인인 뭐 해?
—걘 뭐… 자기 좋다는 애들이랑 다니겠지. 좋

다고 하는 애가 있을진 모르겠지만.
　—정인이 밥 먹으러 한번 오라 해.
　—그러든지.

　율미는 시큰둥하게 반응했지만, 그 주 일요일에 정인이 밥을 먹으러 왔다. 수녀들도 함께였다.

　—정인도 이제 우리 멤버야.

　율미는 자신 있게 말했지만, 어째서인지 정인은 혼자 놀러 올 때와는 다르게 추희를 아줌마라 부르며 서먹하게 굴었다. 율미는 모르는 듯했지만, 정인인 수녀들을 은근히 신경 쓰는 눈치였다. 저게 왜 저기서 눈칫밥을 먹고 있나. 아침을 늦게 먹어서 점심 생각이 없다더니. 추희는 수녀들이 빠져나간 밥상머리에 앉아 삶은 옥수수를 뜯어 먹고 있는 정인을 따로 불러 근황을 묻기도 하고, 요즘 토종 씨앗을 좀 보고 있다는 소식도 전했다. 그리곤 정인에게 지난번 일당이야, 일당 하며 만 원짜리 한 장을 슬며시 쥐여 줬다. 밭에 한번 놀러 나오라고, 그때는 일당을 두 배로 쳐주겠다고도 말했다. 정인이 웃음으로 화답했다.

그 뒤로 1년인가는 티격태격 잘들 붙어 다니더니 언제부턴가 정인인 수녀들과 몰려다니는 대신 혼자 다녔다. 추희를 아줌마나 엄마 대신 어머니라 부르기 시작했고 뒤를 높고 둥글게 올려친 상고머리에 운동복 바람으로 스쿠터를 타고 논이며 밭이며 다니더니 학교를 그만뒀다. 저는 농사가 체질인가 봐요. 사뭇 진지하게 말하고 다녀서 동네 사람들은 어미 아비 없이, 노인네들이랑만 살아서 애가 빨리 늙었다며 혀를 쯧쯧 찼다. 정인의 됨됨이를 아는 추희만이 언젠가는 땅이, 농사가, 인간이 자연의 일원임을 깨치는 일이 소중해질 거라고 진심으로 응원했다. 정인은 그 이야기의 씨를 잘 가꿔 보기로 했다. 율미 고3 되던 해였다. 그때 율미의 마음에서는 얼굴도 모르는 첫째 언니와 둘째 언니에 대한 그리움이 싹텄다. 엄마 앞에서는 언니들 얘길 할 수 없어서 율미는 추희 몰래 연락하며 지내고 있는 아빠 태석에게 도순과 덕혜의 죽음에 관해 물었다.

혼자되어 두 마리 고양이의 집사로 사는 태석

은 율미가 꺼낸 얘기에 여러모로 당혹감을 느꼈다. 도순의 얼굴이 가물가물해서였고, 덕혜가 떠난 지 벌써 이렇게나 됐나, 세월이 참 빠르다 싶어서였으며 둘째가 살아 있었더라면 셋째처럼 컸겠구나, 율미의 얼굴에서 덕혜의 이모저모를 발견해서였다. 그간 자신이 두 딸을 거의 잊은 채 살았다는 죄의식이 실감으로 다가왔다.

―도순이는 아팠고 덕혜는 사고였지. 도순이는 많이 아팠고 덕혜는 갑작스러운 사고였어. 아빠도 엄마도 어떻게 할 수가 없었어.

태석은 애써 담담한 척 말을 이었고 그렇게 저녁 식사는 무사히 마무리되는 듯했지만, 마지막 순간 율미의 말 한마디가 태석을 무너지게 했다.

―근데 그때 아빠는 없었잖아. 엄마만 있었잖아. 엄마랑 나만.

그날 밤 '그때'를 지우고 살던 태석은 수년 만

에 추희에게 연락했고 '그때'를 지운 적 없는 율미는 글을 쓰기 시작했다. 추희는 말을 아끼며 태석의 얘길 들었다. 율미는 처음엔 언뜻언뜻 떠오르는 덕혜와의 추억들을 적었고 몇 날이 지나자 본 적도 없는 —느낀 적은 있는— 도순을 '아기 도순'이라 친근하게 일렀다. 태석은 잊고 살려고 애썼다고 말했고 추희는 그게 됐나 보네, 대답했다. 당신이 그렇게 문을 닫고 있어서 도순이 하고 덕혜가 나한테만 오나 봐. 여기에서 먹고사나 봐. 자나 봐. 맨날천날. 둘이 당신한테는 안 가지, 당신 본 적 없지, 들은 적 없지, 믿은 적도 없지, 추희는 말을 쏟아내듯 보탰다. 태석은 아무 대꾸도 하지 못했다. 율미의 글은 점차 서로에게 첫눈에 반하고 고등학교를 졸업함과 동시에 살림을 차린 파릇파릇한 연인들의 이야기로 흘러갔다. 그들은 부부가 되고 모부가 되고 넋을 잃은 채 전처와 전남편이 되었다. 그래도 잘 살지? 먼저 물은 건 여자, 고양이 두 마리를 키워. 산과 바다야, 하며 얕은 웃음을 보인 건 남자였다. 산이 좋아, 바다가 좋아 같은 평범한 물음들로 사랑을 확인하던 시절이 있었음을 두 사람은 동시에 상기했다.

―한 번 만날까?

―그래도 될까?

―괜찮겠지.

―괜찮을까?

―언제가 좋아?

―다음에. 다음에 보자.

―다음에.

―어, 다음에.

희주는 홀로 딸을 키우기 위해 애썼다….

율미는 희주의 삶을 쓰기 시작하면서 태어나 처음으로 엄마를, 추희의 인생을 궁금해했다. 추희를 알고 싶을수록, 희주를 알아 갈수록 율미는 추희와 거리를 두게 되었다. 사람이 사람이랑 너무 가까이 붙어 있어도 못 보는 게 생긴다던 정인의 말이 생각나서였다(그래서 정인이가 나랑…). 율미는 정인과 다시 미래를 약속하게 된다면 추희에게는 말하지 않기로 결정했다. 딸을 데리고 캐나다로 가 미용 일을 시작한 세련된 희주라면 몰라도. 율미는 쓰고 있는 글에 '희주에게는 말할 수 있고 추희에게는 말할 수 없는 것들'이라는 제목을 붙였다.

추희는 태석이 전해온 이야기와 상관없이 딸과 자신의 사이가 미묘하게 변화했음을 직감적으로 알아챘다. 인제 와서 왜…. 다른 이유가 있을 거라 짐작했지만 그저 뒤늦게 사춘기가 찾아왔나 보다 생각했다. 적당히 넘어가고 싶어서. 넘어지기 싫어서. 살아보니 직면만이 아니라 띄엄띄엄 넘겨짚으며 피해 가는 것이 또한 현명한 생존의 방법이기도 했다. 추희는 그저 모든 엄마들이 그러하듯 딸 율미에게 바랐다.

언젠가 엄마가 되어 엄마를 알게 되기를.

모녀 사이는 하루가 다르게 데면데면해졌다. 추희가 먼저 말을 걸라치면 율미가, 율미가 다가올라치면 추희가 피했다. 그러는 사이 수녀시대는 해체됐고 추희는 토종 작두콩과 고추, 찰옥수수를 심고 가꾸어 팔았다. 밭에 밭을 더해 보리를 심었다. 정인이 도왔다. 여성농민회에 가입했고, 보리 사이에는 채종한 토종 호박과 먹골참외 씨앗을 뿌렸다.

수확했다. 파종과 수확이라는 간결한 흐름에 순종하면서 추희는 전국여성농민대회에 만난 또래 농부 평산과의 교류를 소소한 기쁨으로 삼았다.

평평할 평에 뫼 산.

평산은 심곡리에서 버스를 타고 북쪽으로 40분 정도 거리에 있는 관인면에 살았다. 여상을 졸업하고 농조에서 경리로 3년 반을 일하며 원형탈모를 얻고 퇴직하여 부모를 도와 벼농사를 짓다가 관인으로 낚시 여행 온 서울 남자를 만나 살림을 차렸지만 고부갈등이 심했다. 운수업에 종사하던 남편 두명은 한 달의 절반 이상을 바깥에서 생활했고 한 달 두 달 집에 오지 않는 날이 많아지더니 급기야는 반년 동안 연락도 없이 집에 오지 않았다. 결혼생활 2년 만이었다. 그래도 월말 통장으로 꼬박꼬박 생활비와 어머니 약값을 보내주는 것은 잊지 않았다. 그렇게 무려 10년을 살며 평산은 오랫동안 폐병을 앓던 시어머니 화자와 공사 현장에서 추락사한 두명의 장례를 차례로 치렀다. 죽기 직전 화자가 쥐여준 봉투에 든 돈이 오백, 남편 합의금으로 받은 돈이 삼천, 생활비를 아껴 모은 돈이 사천이백. 모두 합해서 칠천칠백을 들고 평산은 혈혈단신으로 귀향했다. 고약한 양반이었어. 돈 없이 시집와 애도 못 낳는다고 어찌나 사람을 괴롭히든지. 언제부턴가 얼굴만 봐도 가슴이 답답하고 소화가 안 되더라고. 남편이 집에 점점 오지 않으려고 한 것도 이해가 돼. 나랑 어머니 사이에 껴서 이러지도 못하고 저러지도 못하고 고생했지. 술만 먹으면 성질이 올라와선 집안 살림을 다 때려 부수고 그래도 나한텐 한 번도 손 안 댔어. 평산 자신은 아무렇지 않은 듯 웃으며 말했지만, 속내는 더 복잡했다. 두명이 이승에 무슨 미련이 남았는지 시도 때도 없이 평산을 찾아왔기 때문이었다. 왔으면 왔다고 기별을 넣고 거기서 사는 건 어떤지, 뭐가 그렇게 미련이 남는지 가타부타 말을 해야 알 텐데 살아생전 그답게 꽁하니 방 한쪽 구석에 고개를 푹 숙이고 앉아 있다가 간단 말도 없이 간다고 했다.

—내가 그 사람 속내를 모르는 건 아냐. 내가 얼빠진 년이지. 그 합의금을 덜컥 받는 게 아닌데. 받으려면 더 받았어야지 그 헐값에 자기를 팔았냐

고 시위하러 오는 거야. 그게. 그래도 별수 없었어. 그땐 나도 살았어야 하니까. 아니 그리고 찾아가려면 그 회사 놈들을 찾아가서 무섭게 해 줘야지, 왜 나한테 와서 그러냐고. 사람이 참 안 변한다, 안 변해.

―그러다 풀어지겠지.

―풀어져야지. 그럼. 그래도 어젠 자기 좋아하는 꼬막무침에 술 석 잔은 마시고 가더라. 내일 집에 들러 좀 가져가. 많이 무쳤어. 요즘 꼬막이 싸더라.

―아이고 입에 침 돈다. 막걸리 두 통 사 갈게. 우리도 좀 풀고 살자.

이토록 죽이 잘 맞는 둘이어서 농한기면 산으로, 바다로 둘이 버스 타고 넷이 기차 타고 여럿이 관광버스를 타고 다녔다. 놀러만 다닌 건 아니다. 미국산 소고기 수입 재개 반대 집회에 참여했고 노무현 대통령이 타계했을 땐 분향소를 찾아 조문했다. 둘로부터 시작된 힘찬 교류는 평산이 동송에서 크게 벼농사를 짓는 열 살 연하 해진과 눈이 맞아

단도직입적으로 살림을 합치고 한 방에 아기가 생기면서 잠시 소강상태에 이르렀다. 그리고 그 틈에 태석이 추희에게 시시때때로 연락을 취해왔다. 평산에게 자극받은 바 있어 더 늦기 전에 새로운 연인을 만들어야지 추희 마음속에 때아닌 봄바람이 불던 차였다. 둘은 먼 훗날 언젠가가 아닌 약속 날짜를 잡았고 추희는 산과 바다를 보러 갔다. 그 일을 율미에게 숨기지 않았다. 율미는 만나면 좋아? 유난하지 않게 물었다. 추희는 괜찮아, 하고 대답했다. 그럼, 나도 괜찮아. 그 순간부터였다. 납작했던 두 사람의 관계가 조금씩 다시 볼록해지기 시작한 것은.

만남은 한 번에서 두 번으로 두 번에서 세 번으로 이어졌다. 추희의 사정을 어느 정도 알고 있는 평산은 너무 서두르지도 말고 그렇다고 또 너무 기다리지도 말라며 자신과 해진이 어떻게 같이 살게 됐는지 그 소략한 역사를 자세히 들려줬다. 뭐가 됐든 결국엔 희망을 품어야 된다고 했다. 희망. 추희가 한 번도 잊어본 적 없이 잊고 있던 두 글자였다. 네 희망은 태석이 아니고 태석과 함께하는 너 자신이라고 말해주는 평산의 얼굴을 보면서 추희는 평산이라고 하는 이름의 뜻을 새삼 되새겼다. 평평한 산. 누구나 오르내리기 좋은 가까이 있는 산. 그런 산이 자신의 앞산이며 뒷산이라는 사실이 추희에게 든든한 힘이 되었다. 태석은 가끔 추희의 힘이 되기 위해 밭에 와 일손을 거들었고 그런 탓에 정인도 태석을 알게 되었다. 처음엔 아저씨, 아저씨 하더니 어느덧 아버지, 아버지 했다. 동네 어르신들은 태석의 정체를 궁금해하기도 전에 다 늙어 국수를 먹게 생겼다며 벙실거렸다. 그리고 어느덧 산과 바다도 무엇보다 태석도 추희의 눈길을 피하지 않고 바라볼 수 있게 되었다.

―어제 처음으로 애들이 왔었어.
―어제?
―응.
―어쩐지 코빼기도 안 비치더라니. 와서 뭐래?
―아무 말도 않더라. 그냥 앉아 있었어.
―처음에는 그래. 당신 안에 살아도 되나 안 되나 보는 거야. 거기가 넓은지, 방은 몇 갠지, 화장실

은 있는지, 먹고는 살만한지, 자기들을 들일 생각이 있는지 없는지 다 지켜보고 됐다 싶으면 짐을 풀더라고. 애들 짐 풀도록 잘해봐.

　―응, 잘해볼게. 어려워하지 않게. 산이랑 바다도 좋아하게.

　평산과 해진은 딸을 낳았다. 도혜라고 이름을 지어 불렀다. 도혜는 참으로 씩씩하여 엄마, 아빠의 잠을 열심히 빼앗았고 그 흔한 감기 한 번 걸리지 않았으며 무럭무럭 자라 걷고 모부와 모부를 아끼는 이들의 기쁨이 되어 기대를 한 몸에 받으며 자랐다. 율미는 큰 어려움 없이 대학에 가고 졸업하고 취업하여 어엿한 어른이 되었다. 명절 때마다 말끔한 정장 차림으로 소형 SUV 차량에 갈비나 보리굴비, 홍삼진액을 싣고 고향 집으로 내려왔다. 추희는 율미가 사 온 선물 세트를 바로 정리하는 대신 거실에 뻗쳐두고 손님이 올 적마다 그러지 말라고 하는데도 셋째 딸이 매번 돈을 들여서 이런 걸 사 온다고, 비싸기만 하고 먹어볼 것도 없는 거라고, 자기는 소보다 돼지가 좋고 요즘엔 보리굴비도 간편하게 전자레인지에 돌려 먹을 수 있다고, 싸구려 홍삼엔 물이 반이라고 은근슬쩍 말에 말을 붙여 말했다.

율미는 그런 추희를 부끄러워했다가 귀여워했다가 그러려니 했다. 그게 추희를 기쁘게 하고, 의기양양하게 하고, 살게 한다면 그것만으로도 되었다고 생각했다. 상경할 적마다 평냉 맛집을 찾는 추희이기만 하다면, 추수를 앞둔 논을 뒤엎고 쌀값 투쟁을 위해 종종 열혈 여성 농민이 되는 추희이기만 하다면, 엄마 옆에 와 살 거면 빨리 와, 엄마 정신도 엄마 정신이고 엄마 몸도 엄마 몸일 때 와, 여기 개발되기 전에 논도 있고 밭도 있고 일할 수 있을 때 와, 말해주는 추희이기만 하다면.

그러나 두어 해 전 혈액암 진단을 받은 추희는 이제 자주 피로하고 자꾸 깜박깜박했다. 허리가 아프고 어깨가 결려 틈만 나면 한의원을 찾았고 동시에 무릎 관절이 좋지 않아 파스를 달고 살았다. 마당 자투리땅엔 이제 꽃 같은 건 심겨 있지 않고, 어디선가 불쑥 나타난 발바리에게 '자두'라는 이름을 붙이고 애지중지했다. 정을 주고 정을 받아서 율미에게 서운할 적마다, 화가 날 적마다, 혼자 시골 사는 처지 서글퍼질 적마다 자식보다 개가 더 낫다고 자조했다. 도순과 덕혜를 그리워했다. 남은 자식이 하나가 아니라 셋이라면 하난 서울 가고 둘은 여기 남아 알콩달콩 지냈더라면 좋았을 거라고 이불을 뒤집어쓰고 흐느꼈다. 때때로 그 흐느낌은 율미에게도 전해졌다. 그 전화 통화는 율미에게 물자국이 아니라 검은 불자국을 남겼다. 얼굴조차 기억나지 않는 첫째 언니와 둘째 언니 앞에 앉아 꾸지람을 들으며 고개를 조아리는 기분이 들었다. 혼자 서울 사는 처지는 생각도 안 하느냐며 항변하고 싶기도 했지만, 그날 몰래 지켜봤던, 불에 그슬린 논에 앉아 큰소리로 노래 부르던 추희의 얼굴을 떠올리면 자연히 목소리가 누그러들었다.

―내일 내려와?
―가야지, 그럼.
―올 때 그것 좀 사 와.
―뭐?
―그 동그란 빵에 크림 잔뜩 들어간 거 있잖아. 일본 빵인가 뭔가.

―도지마롤?

―도지만지 다시만지. 그거.

―어, 알겠어. 근데 갑자기 그건 왜 먹고 싶데. 지난번엔 비싸기만 하고 맛은 그저 그렇다고 하더니.

―그러게, 어제 시회가 와서 그런가….

―시회 이모?

―응, 시회가 자꾸 뭘 가지고 와.

―뭘?

―숫자.

―숫자?

―응. 얼마 전에 엄마 로또 또 됐잖아. 4등만 벌써 두 번째다. 5등은 세 번.

―아니 시회 이모는 갚으려면 한 번에 갚지. 계속 찔끔찔끔.

―시회 걔가 좀 작잖아.

―귀엽지, 이모가. 근데 엄마,

―어.

―아빠는 자주 와? 언니들은 좀 덜 온다며.

―응, 그것들은 거기에 꿀단지를 숨겨놨는지

요즘엔 통 안 오고, 아빠는 종종 와.

—이번에 제사상은 엄마 혼자 준비하지 말고 꼭 나랑 같이해. 저번처럼 또 혼자 다 해놓지 말고. 병나, 병. 알았지?

—눈 온다.

—눈 와? 여긴 안 오는데. 가기 불편하게.

—쌓일 눈 아니야, 녹을 눈이야. 녹아 사라질 눈이야.

—정인인?

—너 온다고 미장원 갔어.

—미장원? 지난번에 갔다 온 거 아냐?

—야, 걔 너 온다고 하면 미장원에 꼭 가. 네가 막 깎은 뒷머리 만지는 걸 좋아한다고. 네가 애 버릇 잘못 들였어.

—뭐래, 딱 한 번 말했는데. 옛날에.

—정인이 몰라? 그런 거 하나하나 다 기억하는 거.

—걔가 쓸데없이 그래. 쓸데없이.

—쓸데가 왜 없어.

—있나?

─있지.

─아무래도 그렇지?

─엄마 가면 어쩔래?

─또 그 소리다, 안 하기로 해놓고.

─옛날에 엄마가 정인이한테 네 옆에 오래 있어 달라고 했거든. 지나가는 말로. 근데 봐라. 정인이 그게 아직도….

─엄마, 그거 다 내가 잘해서야.

─네가 잘했든 개가 잘했든 엄마는 가면 짐 바로 풀 거야.

─누가 문 열어준대?

─두드리면 되지.

몇 번의 겨울이 지나고 봄도 여름도 가을도 지났다. 산과 바다가 지켜보는 동안 조용히 눈을 감은 추희에게는 딸이 셋 있었다. 첫째 도순과 둘째 덕혜는 추희 안에 살며 추희와 함께 농사를 지었고 셋째 율미는 서울에서 일하며 별일이 없는 한 주말이면 추희를 찾았다. 네 사람은 모였다 하면 시간 가는 줄 모르고 수다를 떨었는데 끝에 가서는 꼭 눈이 내렸다. 추희가 좋아해서였다. 추희가 좋아해서 눈이 오면 알배기 양미리를 석쇠에 넣어 노릇하게 구운 후에 나눠 먹었다. 먹다 보면 추희가 좋아하는 언니들도 와 있고 이모들도 와 있고 어르신들도 와 있었다.

율미는 정인과 나란히 누워 추희가 쓰던 밍크 이불을 덮고 이야기하기를 즐겼다. 어느새 율미의 머리에도 눈이 내려앉은 듯 새치가 가득하였다.

―눈 온다.
―추희 여사 오시겠네, 문 열어 두자.

essay

눈이 오면

짐작하셨을 수도 있겠지만 이번 겨울 소설은 '추희 자두'에서 시작됐습니다. 가을 추(秋)에 기쁠 희(喜). 추희,라는 이름을 보자마자 추희,라는 한 사람이 떠올랐고 다음과 같은 문장이 쓰였습니다.

'추희에게는 딸이 셋 있었다.'

이후에 벌어진 일은 여러분이 확인하신 바와 같습니다.

몇 해 전 계절의 희로애락에 관한 산문을 쓰면서 '제철'이라는 말을 붙였습니다. 제철 음식처럼 웃음이나 울음에도 가장 알맞은 때가 있을 거라는 생각에서였습니다. 시절 출판사의 '사각사각' 시리즈에 참여하면서, 계절에 앞서 계절 소설을 쓰면서 '제철 소설'을 선보이고자 노력했습니다. 느끼셨나요?

맛보셨나요?

이번 요리 아니 소설은
가을의 기쁨으로 시작해 겨울의 기쁨으로 끝냈습니다 아니 시작했습니다.

끝과 시작은 마침표의 양면.

요즘 저는 새로운 일을 벌이기보다는 하던 일을 어떻게 하면 잘 마무리할 수 있을지 궁리 중입니다. 곧 있으면 머라이어 캐리가 돌아오고 그때가 지나면 다시 <벚꽃엔딩>이 울려 퍼지는 '희우정로의 계절'이 오겠지요. 그 봄에 누군가 한 사람쯤은 『송이송이 따다 드리리』(2024, 시절)를 펼치면 좋겠습니다.

뭐가 됐든 희망을 품는 것이 중요하지요.

눈이 오면,
어떤 희망의 문장은 이렇게 시작되기도 합니다.

(김종완)

쪽잠

essay
겨울, 잠, 한숨

쪽잠

현철은 지난밤 꾸었던 꿈을 말하고 있었다. 흥미롭지는 않지만 정만은 듣고 있었다. 정만은 맥주를 몇 잔 마셨다. 소주도 몇 잔 마셨다. 그 둘을 섞은 잔도 몇 잔 비웠다. 그는 술이 약한데 분위기를 맞추다 보니 그렇게 되었다. 정만의 차를 현철이 운전하고 있었다. 정만은 취했고, 피곤했다. 숨을 뱉을 때 술 냄새가 났다. 그는 창문을 반쯤 열었다. 현철이 졸릴 수도 있겠다는 생각이 들었다. 자신이 내뱉는 알코올에 취하거나. 현철이 꿈 얘기를 하다 말고 정만을 흘끔 바라봤다.

 "낮엔 좀 포근해서 겨울이 끝났나? 싶었는데 아직 겨울이네요."

 현철이 말했다. 멋쩍은 표정을 지었다. 두 사람은 잠시 얼굴에 찬바람을 맞았다. 그도 그럴 것이 정말 아직 겨울이어서, 정만은 창문을 도로 닫았다. 끝날 듯 끝나지 않으며 겨울이 계속 이어지고 있다.

겨울밤은 깊은 구덩이처럼 어둡다.

"그래서 그다음은 어떻게 됐어?"

정만이 물었다. 남의 꿈 이야기라는 게 으레 그렇듯이 개연성이 없기도 하고 술을 마셔 피곤하기도 해서 그는 다음이 궁금하진 않았지만 현철이 꿈 얘기를 하다 말고 있었다. 그게 약간 신경이 쓰였다.

"아, 꿈요. 그게 끝이에요. 아마도 죽은 거겠죠. 꿈속에서."

현철이 멋쩍게 웃었다.

"그런데 꿈속에서 죽으면 매번 꿈을 깨는데요, 그렇게 꿈을 깨면 늘 현실의 삶으로 돌아온다는 게 좀 묘한 것 같습니다……."

현철이 말하고 나서, 또 멋쩍은 표정을 짓고 나서, 갈색 뿔테안경을 추켜올렸다. 정만이 보기에 현철은 아마도 다음 말을 찾고 있는 것 같았다. 꿈에서 깬 듯 대화가 잠시 끊겼다. 술을 마셔서 그런 걸까, 현철이 꿈 얘기를 해서 그런 걸까, 정만은 몽롱한 기분 속에 미지근하게 젖어 있었다. 미지근한 물속에 잠겨 있는 기분이었다.

밤하늘은 먹물을 엎질러 놓은 종이처럼 까맣다. 눈이 내렸다가 그치기를 반복하고 있다. 아까는 운전자가 술을 먹었는지 졸았는지 아무튼 도로 위에서 비틀거리는 차를 봤다. 그 차를 지나쳐가고 얼마 뒤 보이지는 않았지만 쿵 소리가 났었다. 빙판길에 미끄러졌는지도 모른다.

　지금은 반대편에서 오는 차 한 대 없다. 정만은 '망망대해'라는 말이 떠올랐다. 정만은 현철의 얼굴을 흘끔 봤다. 현철도 잠시 정만을 봤다. 그들의 자동차는 망망대해 같은 곳을 통과하는 중이다. 풍경은 단조롭고 지루하다. 정만은 나침반을 확인하는 항해사처럼 내비게이션 화면을 확인했다. 그들로서는 이곳이 어디쯤인지 오로지 그것으로만 알 수 있었다. 그들은 업무차 강원도에 있는 식당에 다녀오는 길이었다. 내비게이션 화면의 자동차는 강원도 어디쯤을 지나고 있지만, 그건 단지 화면 속의 정보일 뿐이다. 다른 날이었으면 정만은 그런 생각조차 안 했겠지만 지금은 어쩐지 나침반, 내비게이션이 고장 났을 수도 있겠다는 생각이 들었다. 너무나 어두운 겨울밤이어서.

 정만과 현철은 회사 동료다. 같은 부서에서 함께 일을 한다. 친하다고 할 수는 없지만 그렇다고 나쁜 사이도 아니다. 두 사람 다 불편한 상황을 만드는 걸 싫어하는 성격이라 서로 별 탈 없이 원만하게 지내왔다. 친한 사이는 아니다. 그들은 그저 회사에서 함께 맡은 일을 하는 관계일 뿐이다. 서로의 사생활이나 개인적인 사정 같은 것들은 잘 모른다. 다만 한 달 전쯤 정만이 현철에게 돈을 빌려준 일이 한 번 있기는 했다. 그것이 그동안 그들 사이에 있었던 가장 사적인 일이었다. 빌려준 돈은 육십만 원이었는데, 뜬금없이 현철이 정만에게 그 돈을 빌려줄 수 있는지 물었다. 이유를 말하지 않아서 정만은 그걸 묻지 않고 돈을 빌려줬었다. 이유야 만들면 그만이니까. 아무튼 일주일 뒤에 현철은 돈을 갚았다.

 정만은 차창 밖을 봤다. 가로등 불빛들이 말줄임표처럼 일정한 간격으로 줄지어 있었다. 정만은 자신이 겪고 있는 문제를, 생각해 보려고 했지만 차

안 공기가 몽롱해서 그랬는지 그는 곧 자신이 무슨 생각을 하고 있었는지도 잊었다. 생각한다고 해결할 수 있을 것 같지도 않았다. 그는 그저 멍하게 있었는데, 문득 시선을 느꼈다. 창 너머의 까만 밤이 자신을 바라보고 있는 것 같았다. 눈도 없이.

새벽에게 전화가 왔다.

"어." 전화기에 대고 정만이 말했다. 현철이 정만을 흘끔 봤다.

잠깐의 정적. 정만은 귀를 기울였다. 새벽이 물 마시는 소리가 들렸다.

"오고 있어?" 수화기 너머 새벽의 목소리가 말했다.

"응, 지금 가고 있어. 기다리지 말고 자."

정만이 말했다.

"잠들었는데, 깼어." 새벽이 말했다. "운전 중이야?"

"아니야. 거래처 사람하고 계약 얘기하다가 술 마셨어. 차는 회사 동료가 운전하고."

"그전에 말했던, 회사 동료?"

"맞아." 정만이 말했다. "무슨 일 없지?"

"어? 아니야. 아무 일 없어……." 새벽은 잠시 기다렸다. 그런 다음 말했다. "조심히 와."

새벽은 전화를 끊었다. 정만은 새벽이 무슨 말을 하려다 말았다는 걸 알지만 그걸 지금 신경 쓰고 싶지는 않았다. 피곤했다.

조금 뒤 새벽이 보낸 메시지가 도착했다.
들어올 때 맥주 좀 사다 줘.

정만은 몸속의 기압 차를 조정하는 듯 코로 숨을 길게 내뿜었다. 길게, 술 냄새가 났다. 새벽의 메시지에 답장을 보내지는 않았다.

"무슨 걱정 있으세요?"

시선을 비스듬히 하고 현철이 물었다.

"아니……." 정만이 말했다. "아내가 잠을 잘 못자서. 새벽에 자주 깨거든."

정만은 자신이 작게 웃는 표정을 지었다고 생각했지만 차창 유리에 비친 그의 얼굴은 무표정했다.

"잠을 잘 자는 것만큼 좋은 게 있을까 싶어요." 현철이 말했다. "대리님도 좀 주무세요. 이번 일 하시느라 매일 야근하셨잖아요."

"아니야. 괜찮아. 운전하는데 옆에서 대화라도 해야지."

그렇게 말했지만 한동안 대화 없이 정적이 흘렀다.

"정말 어둡다."

잠을 잘 자는 것에 대해 정만은 달리 할 말이 생각나지 않았다. 정전된 방에 다시 불이 들어와 시야가 밝아진 듯 현철의 눈이 동그래졌다. "네. 정말 그러네요." 현철이 말했다. "우주를 떠다니는 것 같기도 하고요."

"그러고 보니 우주 같네. 자동차가 우주선 같아. 가로등은 별빛 같고." 정만이 말했다. "근데 정말로 우주에 가보면 어떨까? 난 많이 무서울 것 같아. 아름다울 것 같기는 하지만."

"전 가보고 싶어요. 실제로 가보면 어떤 곳일지……. 가끔 밤하늘을 보다가 우주에서 죽고 싶단 생각을 하거든요." 현철이 말했다. "그럴 수만 있다면."

"우주에서 죽어?"

"그러니까 우주에 우주정거장 같은 요양원이 있고 거기에서 인생을 마무리하고 나면 우주로 보내주는 거죠. 강물에 띄워 보내는 것처럼……. 그런 요양원이 있다면 가고 싶어요."

"그런 만화가 있었나? 모르겠다. 아무튼 만화 같은 이야기네."

"초등학생 때는 우주비행사가 꿈이었어요."

"지금은 회사원이지."

"지금은 회사원이죠."

조금 뒤 현철이 피곤한지 고개를 좌우로 돌리며 목운동을 했다.

"집에 가고 싶네요."

"그러게. 조금이라도 자고 다시 출근해야 하니까."

"좀 주무세요."

"아니야. 괜찮아."

그들은 이런저런 말들을 이어갔다. 회사 사람들 이야기, 누가 투자를 해서 재테크에 성공했다는 이야기, 혹은 누가 망한 이야기. 취미 하나 없는 일상과 나빠지는 건강 문제 같은 것들……

그리고 현철이 정만이 자신에게 돈을 빌려준 이야기를 꺼냈다.

"전에 대리님이 돈 빌려주신 거, 감사했어요. 어디에 쓰는지 묻지도 않으시고. 사실은 그때 저 누굴 좀 찾고 싶었거든요. 그런 곳에 가본 건 처음이었어요. 의뢰를 받고 사람 찾아주는 곳 있잖아요. 거기에 필요한 돈인데 그 돈이 모자랐어요. 전 친구도 없고 돈 빌릴 데도 딱히 없어서…… 실례였다면 죄송합니다."

현철이 말했다.

"아니야. 괜찮아."

정만이 말했다.

"그런데요 정말 말끔히 사라져버렸어요. 그 사람. 연인이었지만 결혼한 사이는 아니어서 실종 신고를 할 수도 없고, 해도 소용없다는 걸 알았어요.

쪽지를 하나 남겨놓긴 했는데, 잘 지내라는 내용을 악필로 잠꼬대처럼 중얼중얼 써놨어요. 함께 한 달쯤 살았는데 짐도 다 챙겨갔고. 제가 출근한 사이에 청소도 말끔히 해놨고. 물건도 몇 개 가져갔더라고요. 비싼 건 아닌데 그게 제 건지 그 사람 건지도 모르겠어요. 그 사람 거였겠죠. 아마. 이제는 뭐가 뭔지 모르겠어요. 어쩌면 그렇게 중요한 사이가 아니었는지도 모르겠네요."

"그래서 그 사람은 찾았어?"

정만이 물었다.

"아니요. 그러려고 했는데, 안 찾았어요."

현철이 말했다.

정만은 잠시 뜸을 들였다. "왜?" 정만이 물었다.

현철이 입술을 애매하게 오므렸다.

"왜 그런 생각이 들었는지는 모르겠지만, 찾아서는 안 될 것 같았어요. 쉽게 말해서, 갑자기 무섭더라고요."

현철이 말했다. 잠시 조용해졌다.

"라디오를 켜볼까요?"

"그래."

정만이 스위치를 눌러 라디오를 켰다. 라디오가 나오는 건 알지만 거의 들리지 않을 정도로 볼륨이 작다. 그런 채로 두었다. 늦은 밤 라디오는 잠을 깨우지 않는다. 잠을 재우는 음악들이 수면제처럼 흘러나왔다. 내리지 않고 있다가, 자동차 전조등 불빛 속으로 눈이 다시 내린다. 정만은 새벽을 생각했다. 잠에서 자주 쫓겨나는 새벽을 떠올렸다. 새벽은 잠에서 깰 때마다 투명한 컵에 물을 반쯤 따라 마셨다. 새벽이 잠에서 깨면 정만도 잠을 깬다. 그는 눈을 감고 누워 새벽마다 새벽이 물을 마시는 소리를 듣는다.

정만은 집에 가고 싶었다. 집에 가고 있다는 걸 알지만. 창밖은 어둡다.

*

문득 한기를 느끼고 눈을 떴을 때 라디오 소리

는 옛날 록스타가 부숴버린 일렉기타처럼 뭉개져 있었고 자동차는 눈 내리는 밤 속을 통과하고 있었다. 현철은 눈을 감고 운전대를 잡고 있었다. 얼마나 이러고 있었지?

"현철 씨, 일어나!"
바늘에 찔린 것처럼 놀라 현철의 어깨를 흔들어 깨운다. 현철의 몸이 흔들리고 자동차도 흔들렸다. 한 손으로는 핸들을 잡고 한 손으로는 현철을 계속 흔들어 깨운다. 현철은 눈을 뜨지 않는다. 깊이 잠에 든 걸까? 그는 영혼이 다 빠져나가버린 것처럼 몸만 남아 운전석에 있다. 정만의 머릿속에 '로그아웃'이라는 말이 떠올랐다. 이 세계는 누군가 만든 온라인 시공간이고 현철은 지금 로그아웃 상태라는 걸 정만은 직감적으로 알게 되었다. 몸에 한기가 다시 스몄다. 식은땀이 흘렀다.

이런 사정과는 아랑곳없이 자동차는 계속 앞으로 내달린다. 눈이 내린다. 점점 더 눈발이 굵어지고 있다. 눈은 내리는 것이고 자동차는 앞으로 내달리는 것이다. 이 세계에서는 그렇게 되어 있다. 자동차 핸들은 동그랗다. 길의 모양에 맞춰 잘 조정하면 길을 따라갈 것이고 그렇지 못하면 길이 아닌 곳으로 향한다. 사고가 난다. 겨울이고 눈이 내렸다 그치길 반복하며 도로는 미끄러운 빙판이다. 조심스럽게 현철의 오른발을 가속페달에서 떼어내야 한다. 그러면서 핸들은 길에서 벗어나지 않게 잘 잡아야 한다. 앞을 잘 보면서. 라디오 소리는 더 뭉개지고 팝콘 튀는 소리가 난다. 계속 식은땀이 난다.

자동차가 터널 속으로 들어간다. 갑자기 밝아졌다. 운전자의 졸음을 방지하기 위해 설치해 놓은 장치들이 요란한 빛과 호루라기 소리를 낸다. 정만은 잠깐 정신을 잃을 뻔했다. 운전석에 있는 현철은 여전히 로그아웃 상태다. 터널 속은 눈이 내리지 않는다. 이곳에서 속도를 줄이고 차를 멈춰야 한다는 생각이 든다. 몸을 숙여 가속 페달을 밟고 있는 현철의 오른발을 한 손으로 잡아 천천히 들어올린다. 그러려고 했다. 잘되지 않는다. 현철의 발이 움직이지 않는다. 돌덩이 같다. 그의 어깨는 스티로폼처럼 가벼웠는데 발은 돌덩이처럼 무겁다. 하는 수 없이 핸들에서 손을 놓고 두 손으로 현철의 오른발을 애써 들어올린다. 두 손으로 해도 잘되지 않는다. 왠지 모르게 힘이 들어가지 않는 것 같기도 하다. 무력해진다. 거친 파도 위의 작은 배처럼 자동차가 휘청인다. 터널 벽에 들이받을 뻔했다. 얼른 핸들을 틀고 방향을 잡는다. 등에 바늘이 찔린 것처럼 따끔하다. 자동차는 다시 터널을 빠져나온다. 아까보다 눈이 더 내린다. 쏟아지는 중이다. 마구. 도로에 다른 차들이 없는 게 다행이라면 다행이다. 하지만 언제까지 이렇게 갈 수는 없는 노릇이다. 다시 크게 소리도 질러보고 경적을 누르고 현철의 뺨을 세게 때려봐도 그는 눈을 뜨지 않는다. 어떻게 이럴 수 있는지 도무지 알 수가 없지만 이렇게 되어 있다.

차창의 와이퍼가 연신 움직여 눈을 간신히 양옆으로 치워내고 있다. 라디오에서는 더 이상 소리가 나오지 않는다. 주변은 조용하다. 힘겹게 움직이는 와이퍼 소리만 들린다.

어디로 가고 있는 걸까?

내비게이션은 경로를 재탐색, 재탐색, 재탐색한다. 밤은 너무도 어둡다. 눈이 내린다. 어지럽게, 눈이 너무 많이 내린다. 내리는 눈만큼 피곤이 쌓여 간다. 그동안 잠을 너무 못 잤다. 전화를 걸고 싶다고 생각한다. 누구에게 걸어야 할지 모르겠다. 전화기가 어디에 있는지도 모르겠다. 바지 주머니에 넣어두었다고 생각했는데 애초에 입고 있는 바지에는 주머니가 없다. '주머니가 없는 바지에는 아무것도 넣을 수가 없는데.' 정만은 그런 생각이 들었다. 그런데 조용한 차 안에서 갑자기 전화벨이 울린다. 알람 소리 같기도 하다. 그 소리에 현철이 눈을 뜬다. 현철의 얼굴을 본다. 그의 낯빛이 파리하다. 그가 무심하게, 말한다.

"대리님, 이거 꿈이에요. 아시죠?"

이윽고 자동차는 굉음을 내며 도로 가드레일을 뚫고 추락한다. 낙하하는 자동차 안에서 정만은 생각한다.

이제 어떻게 되는 거지?

 차창 와이퍼가 끼익 끼익 소리를 내며 움직이고 있었다. 정만이 어리둥절한 눈으로 그걸 보고 있었다. 그러다 순간 흠칫 놀라 고개를 돌려 현철을 바라봤다.

"깨셨어요?"

현철이 말했다. 그는 눈을 뜨고 앞을 잘 바라보고 있었다.

"어, 깜빡 잠들었네. 많이 잤나?"

"한 십 분쯤이요."

"어."

"꿈꾸셨나 봐요. 잠깐 사이에."

"그랬어? 불편한 꿈을 꾸긴 했지."

"그러신 것 같아요."

"잠깐 창문 좀 내려도 될까?"

"네. 그럼요."

현철이 버튼을 눌러 창문을 내렸다. 자동차 안에 들어오는 찬바람으로 정만은 세수를 하듯 잠을 씻어냈다. 이제 40분 정도 더 가면 된다고 현철이 말했다.

"세 시간쯤 잘 수 있겠네."

"제시간에 도착한다면요."

라디오에서는 느리고 부드러운 노래가 흘러나오고 있었다. 현철이 아는 노래인지 그 노래를 작게 흥얼거렸다. 그러는 사이 백미러에 밝은 불빛이 나타났다. 자동차 한 대가 뒤에서 오고 있었다. 어쩐지 어수선해서 정만은 뒤를 확인했다. 뒤에서 오는 자동차는 상향등을 밝게 켜고 이리 비틀 저리 비틀 갈지자를 그리며 다가오고 있었다. 속도가 점점 빨라지고 점점 가까워졌다.

"뒤에 오는 차 조심해야겠는데?"

"그러게요. 졸음운전인가 봐요."

현철이 핸들을 더 세게 움켜잡으며 말했다. 뒤차가 갑자기 요란하게 경적을 울려댔다. 그러면서 속도를 높였다. 현철은 차선을 바꿔 그 차에게서 멀리 떨어지려 했지만 그 차는 오히려 더 가깝게 다가왔다. 들이받을 듯.

"뭐야? 이거 또 꿈이야?"

정만이 말했다.

"네? 꿈? 아닌 것 같은데요?"

뒤에서 오는 차는 경적을 몇 번 더 울렸다. 갈지자로 움직이며. 그러다 그 차와 거의 부딪힐 뻔해서, 현철은 엉겁결에 속도를 높여 옆길로 빠졌다.

경로를 재탐색합니다.

내비게이션이 경로를 재탐색했다.
"차라리 갓길에 멈췄다가 갈 걸 그랬어요."
현철이 말했다.
"아니야. 괜찮아. 좀 돌아가면 되지."
"집에 가고 싶네요."
"그러네……."

전화벨이 울렸다. 정만이 전화를 받았다. 새벽이 또 전화를 했다. 물을 마시며 잠꼬대하듯 뭐라고 말을 했다. 정만은 잘 못 알아들었지만 아무튼 다시 잘 자라고 말했다. 짜증이 났는지 차라리 안 자는 게 낫겠다며 새벽이 볼멘소리를 했다.

"언제 와?"

새벽이 말했다.

"길을 잘못 들어서 조금 더 걸릴 것 같아. 걱정 말고 자고 있어."

"자라는 말 좀 그만해."

"알았어."

몇 초간 말이 없다가 새벽이 퉁명스럽게 전화를 끊었다. 정만은 길게 숨을 내뱉었다. 요즘 그들 사이에는 '말없이 흐르는 몇 초'가 있다. 문틈에 끼워놓은 쪽지처럼. 문을 열면, 쪽지가 툭 떨어질 것이다. 현철이 그를 흘끔 쳐다봤다. 눈발이 가늘어지고 있었다.

"그런 요양원이 있다면, 나도 가고 싶네······."

정만이 말했다.

"우주 요양원이요?"

"어. 우주 요양원. 그런 다음, 우주를 떠다니는 죽음."

"아주 오랫동안, 살아온 시간보다 훨씬 더 많은 시간 동안 그곳을 떠다니겠죠."

현철이 말했다.

"깨지 않는 꿈속을."

　창밖은 어둡고 눈 내리는 밤이다. 그들은 잠꼬대 같은 말을 하며 집으로 간다. 길을 돌아서, 돌아간다. 집에 가도 한숨도 못 잘 것 같다고 정만은 생각했다. 밤이 길다.

essay
겨울, 잠, 한숨

밤이 긴 겨울에는 잠이 길다. 잠을 길게 오래 많이 잔다. 그럼에도 겨울에는 어쩐지 개운하지가 않다. 계속 춥고, 정체되어 있는 기분이다. 쓸 수 있는 에너지도 많지 않고 생각하고 움직이는 속도도 느려진다. 그래서 겨울에는 일을 많이 하지 못한다. 해야 할 일들이 쌓여 있다. 겨울에 겨울이 아닌 다른 계절처럼 지내려고 하면 힘이 많이 든다. 그래서 겨울이 가까워지기 시작하면 차라리 여느 동물들처럼 겨우내 겨울잠을 자고 봄이 오면 깨어나고 싶다는 생각을 한다. 그럴 수는 없겠지만. 아니다. 어쩌면 미래에는 그런 게 있을 수도 있지 않을까 싶다. 그러니까 이름을 붙여보자면 '겨울잠 캡슐'. 겨울잠을 자고 싶은 나 같은 사람들을 위한 캡슐이다. 캡슐 속에 들어가면 안전하게 원하는 시간 동안 수면상태로 만들어 주고 깨어나고 싶을 때 깨워주는 장치인데, 영화 <인터스텔라>에서 나오는 그런 캡슐 같은 것 말이다. 그런 걸 일반인들도 쓸 수 있는 때가 오지 않을까. 겨울에는 밤이 길어서 쓸데없는 생각을 많이 한다. 여름은 그런 생각을 할 새도 없이 바쁘게 지나갔는데.

정말이지 겨울은 여름과는 다르다. 여름은 여름이고, 겨울은 겨울이다. 그래서 여름에는 여름에 맞게, 겨울에는 겨울에 맞게 살아보려고 한다. 1년 내내 똑같은 활동량과 리듬으로 살기는 어려운 일이다. 적어도 나의 경우에는. 그렇다는 걸 요즘 많이 느낀다. 그래서 여름에 할 수 있는 일을 여름에 잘 하고, 겨울에 할 수 있는 일을 겨울에 잘 해보려고 한다. 여름에 할 수 있는 일, 겨울에 할 수 있는 일 같은 건 사람에 따라 다를 것이다. 각자의 여름, 각자의 겨울이다. 여름에는 여름을, 겨울에는 겨울을 각자의 취향과 사정에 맞게 충분히 즐기는 것이 최선이다. 누군가는 스키장에 가는 걸 좋아하겠지만 나는 겨울에 소복하게 눈이 내린 조용한 풍경을 좋아한다.

나에게 겨울을 기다리는 마음은 풍경 하나를 기다리는 마음과 비슷하다. 소복하게 눈이 내린, 조용한 겨울 풍경 같은 건 겨울에만 볼 수 있다.

책상이나 부엌 같은 건 마음먹으면 시간을 내서 정리정돈할 수 있지만 기분이라는 건 그럴 수 있는 게 아니다. 기분을 정리하려면 도움이 필요하다. 사람도 필요하고, 사건도 필요하다. 그리고 그런 면에서 자연도 필요하다. 이를테면 밤사이 내려 소복이 쌓인 눈 같은 것 말이다. 이른 아침, 마침맞게 일어나서 아직 아무도 밟지 않은 눈을 보고 있으면 백지 같아서 기분이 말끔하다. 잘 끝난 것 같고, 다시 시작해 보고 싶다. 그러고 보면 1년의 시작과 끝이 모두 겨울에 있는 것도 당연한 일처럼 느껴진다.

1년을 하루로 본다면 겨울은 밤과 이른 아침 시간인 것 같다. 그래서인지 겨울 동안에는 내내 꿈속에 있고 잠들어 있는 느낌이 든다. 실제로도 겨울에는 꿈을 많이 꾼다. 밤이 깊을수록 구덩이는 깊어지고, 자면서 구덩이를 계속 파 내려가는지 깊은 곳에 있는 어둡고 눅눅한 마음들이 나와서 꿈속을 가득 채운다. 꿈속에서 나는 내내 피곤하다. 꿈속의 마음들은 내가 알지 못했던 것들이다. 그런 마음들을 확인하고 꿈을 깨면 긴 한숨이 나온다. 겨울에, 한숨을 쉬면 허연 입김이 나온다. 영혼이 조금 빠져나가는 기분이 든다. 홀가분한 기분. 겨울은 무겁지만 그렇게 겨우내 조금씩 홀가분해지다 보면 어느새 다시 봄이 오고, 가벼워진다.

삶은 아름답고, 딱 그만큼 두렵다.
그리하여 이 두려운 삶을 즐겁게 살아가고 있다.

2020년부터 글쓰기 모임 <블라인드 라이팅>과 <Raw data of me>를 운영해왔다.

쓴 책으로는 소설집 『낯선 하루』, 에세이 『취하지 않고서야』(공저) 『일일 다정함 권장량』 『오늘보다 더 사랑할 수 없는』 『사랑과 두려움에 대하여』 등이 있다.

이
종
산

 소설가. 2012년에 첫 장편소설 『코끼리는 안녕』으로 활동을 시작했다. 『게으른 삶』 『커스터머』 『머드』 『도서부 종이접기 클럽』 『벌레 폭풍』 등의 장편과 공포 단편집 『빈 쇼핑백에 들어 있는 것』 등을 썼다.

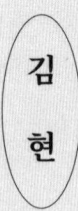

걸려 오지 않는 전화,라는 문구가 떠올랐다. 이런 문장을 적었다.

'정식은 아버지의 전화를 기다렸다. 아버지가 세상을 떠난 지 1년이 다 되어 가는데도 정식은 어째서인지 아버지가 마지막으로 한 번쯤은 자신에 전화를 걸어올 거라고 믿었다.'

믿음에 관해 쓰기.

여러 권의 시집과 산문집, 한 권의 소설집을 출간했다.

○ 김종완

독립출판물 <김종완 단상집 시리즈>를 만듭니다.
소설과 수필을 씁니다.

계절의 변화를 좋아합니다.

나가며
사계절이 와 그리고 또 떠나

얼마 전 입동(立冬)에는 오래된 글을 다시 읽었습니다. 사랑과 죽음, 어른이라는 단어가 눈에 밟히는 글이었습니다. 겨울이 시작하는 날이었고, 저는 지난봄 구례에서 만난 다람쥐 한 마리가 생각났습니다. 녀석은 가을 내내 부지런히 도토리를 모았을까요. 다람쥐들은 도토리를 모아 숨겨두고 그곳을 잊어버린다고 하던데 녀석은 괜찮을까요. 양 볼이 빵빵하고 조그마한 배도 잔뜩 불린 채로 겨울을 맞아야 할 텐데요. 지난달 대구에서는 가로수로 심어진 참나무 아래에서 도토리를 두어 알 주었습니다. 누군가에게 작은 도토리가 얼마나 소중한지 우리는 모릅니다. 하지만 우리가 모르는 게 어디 그뿐이던가요. 모르던 것들을 하나씩 알아가는 사계를 지나고 있습니다.

겨울입니다. 일기장을 펼치기 좋은 때이기도

합니다. 기억을 저장하는 방식은 저마다 다를 테지만, 문장으로 남기는 일은 효과적입니다. 저는 다람쥐 같은 사람인지라 일기나 메모를 적어두고 어디다 남겼는지 잊어버리곤 합니다. 오늘도 작은 발난로 하나를 켜놓고 물 마시는 소리를 들으며 한 글자 한 글자 마음을 적어봅니다. 너무 많은 슬픔을 안겨줄지도 모르지만 훗날 윤기 나는 얼굴로 연신 벙긋벙긋 웃으며 내 문장을 다시 만날지도 모릅니다. 사계를 지나오며 겪은 순간순간들. 반짝였고 흔들렸으며 걷다가 멈추다가 어깨 위로 슬픔이 내려앉고 기뻐 춤추던 일들. 문제라 생각했는데 생각지도 못하게 해결된 일이 있습니다. 반대로 별것 아니라 치부했는데 그랬으면 안 됐구나 후회도 했고요. 살아보니 알게 되는 것들이 수두룩합니다. 겨울은 어쩐지 긴긴 겨울이라고 적어야 할 것 같습니다. 끝이 보이지 않는 터널처럼 계속 이어지는 기분입니다. 중간중간 길을 밝히는 가로등처럼 언젠가의 제가 적었던 문장들을 발견하면 좋겠습니다. 읽다 만 책 사이에서, 엉망인 서랍 안에서, 마주 앉은 당신의 입술 모양에서.

"사계절이 와 그리고 또 떠나"

몇 년이 지난 노래인데 한동안 제 플레이리스트에 머문 노래 가사입니다. 뒤를 보면 떠난 계절이, 앞을 보면 다가오는 계절이 있습니다. 사계절이 오고 갑니다. 저는 올해를 예년에 비해 많이 기억하고 있습니다. 계절 소설을 따라 읽은 덕입니다. 오늘의 날씨가 어떤지, 나란히 걷는 이는 어떤 마음을 감추고 있을지, 24절기의 몇 번째 절기가 가까워지는지. 이런 것들을 자주 생각했습니다. 그럼에도 사랑하는 이들에게 자주 전화하지 못했고, 바쁜 탓에 미룬 일도 한가득입니다. 내년은 올해보다 조금 더 구석구석 살피는 사람이고 싶습니다. 혼자서 힘들 때마다 책장에 꽂힌 네 계절을 담은 네 권의 책을 맞춤하게 꺼내어 읽으면 되겠지요.

'사각사각'의 계절에서 여러분이 발견한 찰나와 같은 장면을 언제고 다시 꺼내 마주할 수 있으면 좋겠습니다. 오랜 시간이 지나도 사랑받는 노래처럼 겨울을 담은 소설이, 봄과 여름과 가을이 녹아든 책이 다시 펼쳐지고 읽히기를 소망합니다.

소설(小雪)입니다. 금방이라도 첫눈이 내릴 것 같기도, 아직 겨울은 먼 것 같기도 한 날씨에 성북천을 따라 걸으며 오후 한때를 보냈습니다. 이제 낭독회에 들러 오두막에 앉아 눈 내리는 풍경을 바라보는 기분으로 저녁을 보낼 예정입니다. 밤이 깊을 때까지 둘러앉아 소소한 이야기를 수군수군 주고받는다면 그 밤은 얼마나 포근할까요. 겨울에 잘 어울리는 시간이겠습니다. 지금도 눈을 감으면 눈송이가 소복소복 소리 없이 내리고 있습니다.

이 책에는 스물여섯 번의 '끔'이라는 글자가 나옵니다. 이제 스물일곱이 되었고요. 끔. 한 글자일 때는 별 뜻이 없지만, 스물여섯 번의 쓰임에서 제 역할을 톡톡히 해냅니다. '가끔'이 되기도, '힐끔힐끔'이 되기도, '찔끔'이나 '따끔', '흘끔'이 되면서요. '말끔'한 문장이 되어 나란한 문장과 연결되고 다음으로 나아가는 이야기들. 마치 계절의 흐름 같습니다. 하나의 글자처럼 작은 눈송이가 되어 겨울을 나겠습니다. 저는 그것이 아름다움이라 믿기 때문입니다. 여러분에게 "아름다움"이란 무엇인가요. 여러분은 어떤 "다음"을 품고 있나요.

　　마지막으로 한 마디만 더하자면, 저는 얼마 전에 보조배터리를 하나 샀습니다. 그간 없이도 잘 살았던 것 같은데 이제는 필요해졌달까요. 가방에 완충된 보조배터리가 들어있으면 어쩐지 든든한 마음이 됩니다. 곧 한 해가 저물고 새해가 밝아오겠지요. 겨우내 가득 채워 잘 지내기로 해요. 충전재로 가득한 상자에 든 튤립 구근처럼, 포장재에 말려있던 천사 오너먼트처럼 활짝 열어 반짝이도록 해요.

계절 소설 시리즈 '사각사각'

사계에 걸쳐 계절마다 찾아오는 네 편의 소설.
네 명의 작가가 네 개의 시선으로 펼쳐낸다.

봄 『송이송이 따다 드리리』
여름 『파랑을 가로질러』
가을 『빛이 스미는 사이』
겨울 『눈송이의 아름다움』

표지 그림 | 최산호 <눈송이의 아름다움>

눈송이의 아름다움

copyright ⓒ 시절, 2024

1판 1쇄 | 2024년 12월 13일

글
김종완
김현
송재은
이종산

기획·책임편집 | 오종길

표지 디자인 | 박주현
내지 디자인 | 김현경

표지 그림 | 최산호

출판등록 | 2023년 7월 20일 제 2023-000072호
이메일 | sijeol.book@gmail.com
SNS | @si.jeol.book

ISBN 979-11-988531-4-1 (03810)

*이 책의 판권은 시절에 있습니다.
*이 책 내용의 전부 또는 일부를 재사용하려면
 반드시 펴낸곳을 통한 서면 동의를 받아야 합니다.